rororo

rororo

«Rascha Peper erzählt diese verhaltene, ein wenig traurige und mit leiser Komik bedachte Liebesgeschichte, die gegen Ende noch mit einer zusätzlichen Pointe aufwarten kann, so stilsicher, so romantisch herb und genau, dass dem Leser Seltenes widerfährt: Er wähnt sich in ein intimes, poetisch durchwirktes Geschehen hineingezogen, das, zeitenthoben und ungebunden, der Wehmütigkeit eigener Erfahrungen entspricht, in denen Wünsche gerade dann zudringlich werden, wenn nichts, eigentlich rein gar nichts zu erwarten ist.» *(Die Zeit)*

Rascha Peper, geboren 1949 in Driebergen, Niederlande, veröffentlichte bislang zwei Erzählungsbände und vier Romane und gilt in den Niederlanden als eine der bedeutendsten Autorinnen der mittleren Generation. Für ihren Roman «Russisch Blau» wurde sie mit dem angesehenen niederländischen Multatuli-Literaturpreis ausgezeichnet. Rascha Peper lebt in Amsterdam.

RASCHA PEPER

Das Mädchen, das vom Himmel fiel

Roman

Deutsch von Sibylle Mulot

Rowohlt Taschenbuch Verlag

Veröffentlicht im Rowohlt Taschenbuch Verlag GmbH,
Reinbek bei Hamburg, Januar 2003

Die Originalausgabe erschien 1999 unter dem Titel
«Dooi» bei Uitgeverij L. J. Veen,
Amsterdam / Antwerpen

Die Übersetzung wurde gefördert vom
Nederlands Literair Produktie- en Vertalingenfonds
Umschlaggestaltung any.way, Cathrin Günther
(Foto: photonica)
Satz Pinkuin Satz und Datentechnik, Berlin
Druck und Bindung Clausen & Bosse, Leck
Printed in Germany
ISBN 3 499 23345 2

Die Schreibweise entspricht den Regeln
der neuen Rechtschreibung.

Das Mädchen,
das vom Himmel fiel

1

PLÖTZLICH IST sie da.

Sie kommt über die Eisfläche gelaufen, die gerade noch so leer und verlassen wirkte wie eine Eisfläche im späten Pleistozän, auch wenn man damals keinen Sendemast am Horizont gesehen hätte. Sie ist ganz in Schwarz gekleidet: Hose, Jacke, Schlittschuhstiefel, Handschuhe, Pudelmütze. Lange Beine, lange Schwünge, sie kommt ziemlich schnell voran, und doch scheint sie mit fast behaglicher Trägheit übers Eis zu gleiten. Wer so weit von der bewohnten Welt entfernt ist, muss schon länger unterwegs sein, aber das merkt man ihr nicht an. Es sieht aus, als drehe sie eine Runde auf der Eisbahn im Park. Ihr leicht gebogener Rücken, ihr geschmeidiger Rhythmus verraten keine Müdigkeit. Als wäre sie direkt vom Himmel gefallen.

Nun lässt sie die Bewegung ausklingen und dreht einen Halbkreis. Sie steht still und schaut ein Weilchen auf einen Punkt in der Ferne. Eis und Himmel spiegeln sich in ihren hellen grauen Augen. Weit weg ist eine kleine Insel zu sehen, unbewohnt, nur ein paar Bäume und Sträucher drauf, und davor liegt ein Schiff im Eis, ein Zweimaster. Schwarz heben sich sein einsamer Rumpf und die kahlen Masten vom Himmel ab. Ein einzelnes Boot in dieser Verlassenheit.

Sie stößt sich ab und läuft zurück, wie sie gekommen ist, locker, graziös, ohne Eile und doch schnell. Gerade ist das schwarze Figürchen noch auf der Eisfläche zu sehen, und dann so plötzlich verschwunden, wie es aufgetaucht war. Aufgelöst in nichts.

2

WÄHREND DER Zwölf-Uhr-Runde lag plötzlich ein totes Kaninchen auf der Insel. Erstarrt, ausgestreckt, wie im Sprung verendet, etwa zehn Meter von den letzten Büschen entfernt, halbwegs auf der kahlen Landspitze, die Ruben Saarloos großzügig das «Kap» getauft hatte. Undenkbar, dass er das Kaninchen bei der Morgenrunde übersehen haben sollte, also musste es nach halb neun hier gestorben sein. Hatte es schon eine Weile krank und schwach in seinem Bau gelegen und gedacht: Mal sehen, ob ich noch ein Stückchen laufen kann? Und war es dann schon so orientierungslos gewesen, dass es auf der kahlen Inselspitze gelandet war, wo es doch nichts zu suchen hatte und wo das erschöpfte Hasenherz endgültig versagte? Es war ein mageres Tier, nur die runden Augen quollen aus den Höhlen, als ob es sich vom Schrecken über seinen plötzlichen Tod noch immer nicht erholt hätte.

Er suchte einen Stecken und drehte das Kaninchen um. Steif wie ein Brett. Auch auf der anderen Seite völlig unverletzt. Also kein Raubvogel im Spiel, der seine Beute geschlagen und dann liegen gelassen hatte. Raubvögel sah man hier übrigens gar nicht. Sieh mal an, was für ein Ereignis: Tod eines Inselkaninchens!

Er ging zur Spitze des Kaps und schaute über das IJsselmeer. Der Himmel war grau, milchig weiß das Eis. Weit konnte man heute nicht sehen, es war leicht neblig, die Umrisse des fernen Sendemastes verschwammen, und selbst mit dem Feldstecher, den er nicht dabeihatte, hätte er die Autos drüben auf der Uferstraße nicht erkennen können. Bei klarem Wetter sah man sie wie Spielzeugautos durch das Glas kriechen, und mit bloßem Auge fing man manchmal kleine Lichtblitze auf, die von der Sonne in Fensterscheiben, Lack oder Spiegeln entzündet wurden. Jetzt war alles im weiten Umkreis grau, nur die Bäume hinter ihm und das Boot weiter drüben hoben sich dunkel ab. Hoch oben kreischten ein paar Möwen, sonst war alles, wie immer, totenstill.

Er umrundete das Kap – je gewählter er sich ausdrückte, desto mehr Gewicht bekam der kleine Spaziergang – und ging an der Ostseite entlang. Wollte man die Insel beschreiben, würde einem wahrscheinlich nach einer Minute der Stoff ausgehen. Sie war künstlich angelegt und von großer Schlichtheit: geformt wie ein Torpedo, am einen Ende abgeflacht, am anderen zugespitzt; das flache Ende mit Sträuchern bewachsen, das spitze aus unerfindlichen Gründen kahl. Einige Bäume, kaum älter als zwanzig Jahre und für ihn ohne Blätter nicht bestimmbar, verteilten sich über das ganze Terrain; Sträucher, Unterholz, allerlei Gestrüpp darunter. Auf der Westseite war ein kleiner Hafen ausgebaggert, eigentlich nicht viel mehr als eine Umrandung aus Beton, damit die Sommerfrischler mit ihren Booten dort anlegen konnten. Es wimmelte von Kaninchen, bei denen man sich fragen konnte, wo sie eigentlich herkamen («Nicht weinen, Dennis! Hoppel und Moppel haben es doch hier viel besser als bei uns?»), und ein paar Eichelhäher waren auch da. Man umrundete die ganze Insel bei mäßigem Spaziertempo in zwölf Minuten. Mehr war darüber nicht zu sagen.

Er sah noch sechs lebende Kaninchen und ein Rotkehlchenpaar, überquerte die abgeflachte, mit Krüppelholz bestandene Nordseite und näherte sich der *Knurrhahn* somit von der anderen Seite, der Stelle entgegengesetzt, wo er sie vor einer Viertelstunde verlassen hatte. Er schaute auf die Uhr: heute sechzehn Minuten. Daran war das Kaninchen schuld. Durchs Fenster schimmerte ihm das bläuliche Licht des Monitors entgegen. Das Thermometer auf Deck zeigte sechs Grad an, ein Grad mehr als gestern um diese Zeit.

Drinnen zog er die Lodenjacke aus und betrachtete sich im kleinen Spiegel neben dem Kleiderhaken. Er musste dazu tief in die Knie gehen, denn der Spiegel hing auf Inas Augenhöhe. Normalerweise schaute er selten hinein, aber offenkundig hatte er jetzt doch das Bedürfnis, ab und zu ein menschliches Gesicht zu sehen, und sei es nur den eigenen alten Misanthropenschädel. Der Wind hatte ihm offenkundig eine frische rote Farbe beschert, er sah gesund und sogar munter aus, und seine Rückenschmerzen waren seit dem Spaziergang verschwunden. Es hatte immer wieder etwas Anheimelndes, so aus der Kälte in die Kajüte heimzukommen, wo der Ofen summte. Oft dachte er dann einen Augenblick lang an Männer wie Scott und Amundsen oder andere Polarforscher, die nach monatelangen Entbehrungen erfroren waren; man hatte ihre ausgezehrten, aber gut konservierten Leichname später in Schneewehen oder Eisblöcken wiedergefunden. Sei zufrieden mit dem, was du hast.

Als er sich wieder an den Schreibtisch setzen wollte, klingelte das Telefon.

Einer der Verleger, für die er arbeitete. Das heißt, es war eine Sekretärin oder Telefonistin, die ihm meldete, sie werde ihn gleich mit dem Verleger verbinden; danach geschah eine Zeit lang außer Klicken und Rauschen nichts. So war es immer in diesem Haus. Der Verleger, ein viel beschäftigter Mann, konnte sich natürlich nicht persönlich mit dem Heraussuchen und Eintippen einer Nummer abgeben. Der Angerufene durfte schon froh sein, dass an ihn gedacht wurde.

«Hallo, Saarloos, guten Tag», erklang die Stimme des Verlegers. «Wie geht's?»

«Danke, gut», sagte er knapp. Ausführlichkeit wurde nicht geschätzt.

«Ich hab hier eine Reihe von Büchern, über die ich gerne mit dir reden würde», sagte der Verleger. «Alles Titel, die wir grade gekauft haben und die ich am liebsten schon im September in der Buchhandlung hätte. Klingt ehrgeizig, was? Auf jeden Fall haben wir es eilig. Ich weiß nicht, wie's bei dir mit Arbeit aussieht, aber ich hoffe, du kannst das eine oder andere übernehmen.»

«Vielleicht», sagte er. «Was ist es denn?»

«Es sind sieben Titel», sagte der Verleger, «davon fällt einer schon mal weg, denn er heißt *Exploring Your Emotions.*

Von einer amerikanischen Psychologin. Dafür suchen wir lieber jemand anders!» Und er fing an zu lachen, als er das sagte, was in seinem Fall bedeutete, dass er ein paar Mal hintereinander ein stimmloses s ausstieß. «Die Moni hier traute sich schon nicht mal mehr, bei dir anzurufen», fügte er hinzu.

Im Hintergrund wurde eine protestierende Frauenstimme laut, worauf sich die Zischlaute des Verlegers beschleunigten.

Im vergangenen Jahr hatte Ruben Saarloos diesem Verlag ziemliche Scherereien bereitet. Er hatte ein Buch schon fast zur Hälfte übersetzt gehabt, als er den Auftrag doch noch zurückgab. Sechs Wochen Arbeit zum Teufel, Vertragsbruch, ziemlich viel Geld vertan, Verleger wütend, Unverständnis ringsum. Es war ein populäres amerikanisches Werkchen gewesen, so ein Ratgeberbuch, das er zwischendurch angenommen hatte, weil es leicht und schnell verdientes Geld war. Aber dann war ihm speiübel geworden, vom Buch und seinem eigenen Anteil daran. Thema war das *being afraid of your emotions* und was man tun musste, um diese Angst zu besiegen und eine lebensfrohe, kommunikative Persönlichkeit zu werden, die anderen «etwas von sich selber schenken» konnte. Nach sechzig Seiten Gefasel im Stil von *do not ignore the hand hesitantly reaching out to you* war es genug. Er hatte seine Zigarre hinten auf der Klappe mitten auf dem Foto der strahlenden Autorin ausgedrückt, den Verlag angerufen und in Abwesenheit des Verlegers Gift und Galle gegen die arme Sekretärin gespuckt. Wenn sie dieses süßliche, dämliche Schundzeug verlegen wollten, dann war das ihr Problem, aber warum musste *er* seine kostbare Zeit damit vertun? Wegen der paar Kröten, die er damit verdiente? Lieber aß er trocken Brot, als sich noch länger mit dieser Zuckerwatte mästen zu lassen, das musste mal gesagt sein. Er hatte erwartet, dass dies das Ende seiner Beziehungen mit diesem Verlag darstellen würde, aber dem war nicht so. Man stufte ihn fortan – vielleicht ja auch vorher schon – als Brummbären und schwierigen Fall ein, aber es hielt den Verleger nicht davon ab, ihm regelmäßig weitere Übersetzungen anzubieten, nur keine Ratgeber mehr.

«Aber was die andern sechs betrifft, ist es am besten, du kommst so schnell wie möglich vorbei und siehst sie dir an», sagte er gerade. «Es redet sich leichter, und du kriegst selbst auch einen besseren Eindruck. Kannst du eventuell heute noch? Am späten Nachmittag?»

«Ja», sagte Saarloos. «Wenn du mir einen Hubschrauber schickst, der mich abholt.»

«Wie meinst du das?»

«Wie ich es sage. Ich komme sonst von hier nicht weg. Ich bin noch immer im IJsselmeer eingefroren.»

Vor vier Wochen hatten sie auch schon mal miteinander telefoniert, und er hatte ihm von seiner Lage berichtet, aber das hatte der Verleger wahrscheinlich wieder vergessen, oder er hatte ganz selbstverständlich angenommen, das Problem sei inzwischen gelöst.

Am anderen Ende der Leitung blieb es einen Augenblick lang still.

«Du bist immer noch dort im Eis?», klang es ungläubig.

«Ja.»

«Aber es friert doch schon lange nicht mehr?»

«Nein, nur rate mal, wie dick das Eis wird, wenn es vier Wochen tüchtig gefroren hat? Im Moment sind es noch dreißig Zentimeter, also da komm ich vorläufig nicht durch. Man kann sogar sagen, dass ich jetzt erst wirklich von der Zivilisation abgeschnitten bin. Vor zwei Wochen kamen sie hier noch mit Autos übers Eis, und ich selbst konnte auch noch …»

«Mensch», rief der Verleger, «warum bist du nicht längst von dort weggegangen? Man wartet doch nicht so lange ab, bis das Eis schmilzt?»

Hier sprach jemand mit dicht besetztem Terminkalender: Konferenzen, Essen, Empfänge, Kurzreisen nach Frankfurt, London und New York.

«Und wohin bitte?», fragte Saarloos. «Zufällig wohne ich auf diesem Schiff.»

«Aber du kannst doch bei jemand übernachten!»

«Ja, reizend. Und wo soll ich dann arbeiten? Außerdem kann jeder Spaßvogel, der übers Eis kommt, nach Herzenslust mein ganzes Schiff plündern.»

«Und deine Frau? Ist die auch dort?»

«Sie war hier. Seit zwei Wochen übernachtet sie tatsächlich bei jemandem. Sie konnte nicht mehr länger Urlaub nehmen.»

«Also bist du dort auch noch ganz allein?»

«Ja.»

«Und was isst du dann?»

«Ich schieße Kaninchen und angle in einem Eisloch.»

«Wirklich wahr?!»

«Na ja, um ehrlich zu sein: Ich hab einen Schrank voller Konserven. Nasi-goreng, Bami-goreng, Weiße Bohnen in Tomatensauce …»

«Du lieber Himmel», seufzte der Verleger. «Na schön, dann muss ich dir eben hier am Telefon erzählen, was ich vor mir habe.» Und er begann in Kurzform die Bücher zu beschreiben, die auf eine Übersetzung warteten.

Ruben sicherte sich das Buch, das ihm am besten gefiel, bat um einen Tag Bedenkzeit und versprach, anderntags zurückzurufen. Der Verleger wünschte ihm viel Geduld und warmen Regen und richtete noch Grüße von der Moni aus.

Ruben drehte sich, nachdem er aufgelegt hatte, auf seinem Stuhl herum, starrte in die Kajüte und rieb sich den Stoppelbart. Noch eine Übersetzung zwischendurch annehmen? Es verlockte ihn finanziell, und hundertfünfundsiebzig Seiten waren nicht viel. Er kannte den Autor: ein humorvoller, geistreicher Volkswirtschaftler mit einer flotten Schreibe, man flog nur so hindurch. Aber im Juli abgeben! Während er im März noch mit einer umfangreichen historischen Untersuchung beginnen musste, gesetzt den Fall, das Buch, an dem er jetzt saß, war dann fertig, wonach es aber nicht einmal andeutungsweise aussah.

Die plötzliche Zwangslage und soundsovielte Konfrontation mit seiner eigenen begrenzten Kapazität machten ihn ärgerlich. Der Ärger übertrug sich auf seinen Bart. Sein Kinn fing an zu brennen, weil er sich die Stoppeln rieb. Er rasierte sich nur noch alle drei, vier Tage. Für wen auch – für die Kaninchen vielleicht? Er schnupperte an sich. Auch mit dem Waschen nahm er es nicht so genau. Dafür verbrauchte er seinen kostbaren Trinkwasservorrat nicht. Wenn er sich waschen wollte, musste er einen Eisblock klein hacken, die Stücke in einem Topf schmelzen, sich mit dem Topf in die Duschkabine kauern und das warme Wasser mit einer Kanne über sich gießen – eigentlich wie eine fernöstliche Waschung, ja, genau wie in Indonesien war das hier –, und auf diesen ganzen Zauber hatte er keine Lust. Mit sauberer Kleidung ging er genauso sparsam um. Es lag noch ein kleiner Stapel Unterhosen, T-Shirts und Pullover im Schrank, aber wer weiß, wie lange er damit noch auskommen musste. Wäsche waschen war hier praktisch unmöglich. Meist machten ihm die primitiven sanitären Verhältnisse nichts aus – man konnte beruhigt verdrecken, wenn doch keiner da war, der es sah oder roch –, aber auf einmal flößte ihm seine Verlotterung Widerwillen ein. Sollte er sich jetzt waschen und rasieren? Nein, dazu hatte er auch keine Lust, das waren alles nur Ausflüchte, um sich vor der Arbeit zu drücken. Also los!

Er rückte seinen Stuhl an den Tisch heran und betrachtete den Text, den er übersetzen musste.

Lebistes is really ovoviviparus, but there are other teleosts in which there is true viviparity, involving some kind of placenta. In the dwarf top-minnow, Heterandria formosa, for example, the walls of each ovarian follicle develop a surface of blood capillaries extending into villi which make intimate contact with the surface of the developping embryo, and thus supply it with all its needs as well as carrying away all its waste products.

Aha.

Er übersetzte ein paar Zeilen, dann ließ die Konzentration schon wieder nach.

Dieses Buch war ein Graus. Einer dicker ichthyologischer Wälzer, eine amerikanische Ausgabe, mit der er sich gewaltig übernommen hatte. Er hatte es getan, um einem Verleger, den er mochte, aus der Patsche zu helfen. Der Biologe, der es eigentlich übersetzen sollte, hatte im letzten Moment abgesagt – und er war natürlich ganz und gar nicht der richtige Mann dafür. Von Fischen verstand er nichts, sie interessierten ihn auch nicht, und er brachte ständig Familien, Ordnungen und Unterordnungen durcheinander. Das Latein – Anglerlatein im buchstäblichen Sinn – irritierte und verwirrte ihn und sorgte dafür, dass er ständig nachschlagen musste. Oft fand er sich, trotz der langen Namenslisten auf Lateinisch, Englisch und Niederländisch, die neben seinem Computer lagen, immer noch nicht zurecht. War es nun «Kuckuckslippfisch» oder «Gefleckter Lippfisch»? Sprach man von einem «Maming» oder von einem «Tapiro»? Warum gab es den «Schaufelstör» und den «Gemeinen Schaufelstör», während die Amerikaner immer nur von *shovelnosed sturgeon* sprachen? Und schon bei einem so einfachen Begriff wie *mouthbrooder* musste er im Lexikon nachschlagen, um zu erfahren, dass man das nicht mit «Mundbrüter», sondern mit «Maulbrüter» übersetzte. So kam er nicht voran. Zwar würde das Buch von einem niederländischen Ichthyologen durchgesehen werden, gerade um seine Fehler zu korrigieren, aber für ihn war es Ehrensache, dem Kerl nicht allzu viel zu tun zu geben. Und als ob das noch nicht genug wäre, schrieben die Autoren einen Juckreiz erzeugend trockenen, umständlichen Stil, den er die ganze Zeit schärfer, knapper und treffender zu machen versuchte.

Aber am meisten ärgerte ihn sein eigener Mangel an Konzentration in der letzten Zeit, und die Mühe, die es ihn kostete, geschmeidige Sätze zu bauen. Wunderbar! Endlich ungestört arbeiten!, hatte er gedacht, als sich abzeichnete, dass er die erste Zeit nicht von hier fortkäme. Einfach aus der Not eine Tugend machen! Kein Trubel, keine Ablenkung, kein Fernsehen, niemand, der unangemeldet vorbeikam. Einsamkeit und Konzentration, das konnte der Arbeit doch nur nützen. Moses ging allein auf einen Berg und kam mit den Geboten für ein ganzes Volk wieder herunter. Schopenhauer sprach wochenlang mit keiner lebenden Seele außer seinem Pudel. Und wer hatte sich gleich noch in einem Turm verschanzt und dort sein philosophisches Meisterwerk geschrieben, war das nicht Pascal gewesen? Aber auf ihn, von dem niemand einen visionären Blick auf das menschliche Treiben erwartete, sondern nur eine adäquate Übersetzung dieser ichthyologischen Heimsuchung, auf ihn wirkte die Isolation lediglich abstumpfend. Er wurde immer träger. Sein Gehirn schien auf Walnussgröße geschrumpft. Wörter, Entsprechungen, Vergleiche – sie fielen ihm nicht ein. Für das Umbauen einer Satzkonstruktion brauchte er zehn Minuten.

Als es noch fror, hatte er es auf die Sorge um sein Schiff schieben können. Vor allem bei dem bösartigen Ostwind, der die Insel lange Zeit umpfiffen hatte, war er den lieben langen Tag damit beschäftigt gewesen, den Maschinenraum frostfrei zu halten, Ritzen zuzustopfen, Doppelfenster aus Plastiktüten herzustellen und die Heißwasserkannen draußen unter den Decken rund um den Butangastank auszuwechseln, damit er wenigstens den Herd weiterbenutzen konnte. Immer nur kurz hatte er da an seinem Schreibtisch sitzen können. Aber jetzt, wo es nicht mehr kalt war und all die großen und kleinen Sorgen wegfielen, konnte er sich nicht konzentrieren und verschwendete seine Zeit mit Grübeln, Dösen und Jammern.

Gut.

> Je nach Lage des männlichen Brutbeutels werden die Seenadeln in zwei Gruppen eingeteilt, die *Gastrophori*, bei denen der Brutbeutel sich mehr vorne auf dem Bauch befindet, und die *Urophori*, die ihn an der ventralen Seite des Schwanzes haben. Das Verwunderliche daran ist, dass die *Gastrophori* …

Er arbeitete noch eine Stunde weiter, verlor dann wieder die Konzentration, starrte durch das kleine Fenster über seinem Arbeitstisch aufs Eis hinaus und dämmerte weg. Der Ofen brannte eigentlich zu stark.

In den warmen Golfströmen rund um die Komoren schwimmt der Coelacanth. Vielleicht schwimmt er wenig, steht hauptsächlich still auf seinen Beinchen, zwischen mannshohen Algen oder in Felsenhöhlen, und wartet auf vorbeikommende Beute. Oder vielleicht schwimmt er im Gegenteil große Distanzen und verbreitet Angst und Schrecken unter allem, was kleiner ist als er und einen Schimmer seines riesigen stahlblauen Leibes erhascht. Ja, warum sollte er nicht als Herr und Meister durch die Tiefsee schwimmen? Von wem hat er etwas zu befürchten, mit seinen Schuppen wie Dachziegel und seinem behelmten

Kopf? Über seine Lebensweise ist nichts bekannt, aber dass er ein Räuber ist, steht fest, dazu muss man nur einen Blick auf sein grausames Maul mit den vielen scharfen Zähnen werfen.

Er ist sieben Jahre alt, oder zwanzig, oder vierzig, das spielt keine Rolle; worum es wirklich geht, ist, dass er dreihundert Millionen Jahre alt ist, nein, noch viel älter, und angeblich schon vor siebzig Millionen Jahren ausgestorben. Die Fossilien seiner Ahnen wurden gefunden und bis auf den letzten Millimeter analysiert. Er stammt vom Anbeginn der Zeiten, als nur im Wasser Leben war, aber er ist ein Wegbereiter für alles, was sich aus dem Wasser befreien will. Noch in den jüngsten Tagen des Holozäns ist er der Quartiermacher für Salamander, Eidechsen und Schlangen – auf dass sie das Festland erobern und bevölkern mögen.

Manchmal verfängt er sich in den Netzen eingeborener schwarzer Fischer. Was ist dann mit ihm los? Warum ist er so dicht an die Wasseroberfläche hinaufgeschwommen? Wollte er zum Licht? Hat ihn die starke Strömung, die bis ans Kap der Guten Hoffnung reicht, mitgeführt, hat er sich verirrt, die Orientierung verloren? Hat ihn ein unbekanntes, aber unwiderstehliches Verlangen nach Küste und Land überwältigt? Um endlich, endlich die Beinchen, die schon Millionen Jahre unter seinem Körper hängen, auszuprobieren?

Die nackten Fischer weichen zurück, wenn er auf ihrem schäbigen, viel zu kleinen Achterdeck landet. Vielleicht rufen sie eine Gottheit an. Aber ihn zurückwerfen, das tun sie nicht. Kein einziger Fischer in Tansania, Mosambik oder Madagaskar würde sich einen Quastenflosser entgehen lassen. Dafür gibt es zu viele Weiße, die für den Fisch mit Beinchen Geld bezahlen – viel Geld.

Halb vier. Er schob seinen Stuhl zurück, drosselte den Ofen und ging in die Küche, um sich einen Kaffee zu machen. Davon war noch genug da, vom Tee auch. Die Freiwilligen von der Rettungsbrigade, die ihm vor zwei Wochen mit dem Auto Vorräte übers Eis gebracht hatten, waren offenbar davon ausgegangen, dass er den ganzen Tag ununterbrochen Tee und Kaffee trank.

Während das Wasser heiß wurde, beugte er sich über den Küchentisch und sah genau in dem Augenblick aus dem kleinen Bullauge, das nach Osten ging, als vier Schwäne übers IJsselmeer geflogen kamen. Zwei dicht hintereinander, einer etwas dahinter, und dann das Schlusslicht, ziemlich weit entfernt, wie ein eigensinniges Kind, das erst im letzten Augenblick beschlossen hat, doch mit der Familie mitzufliegen. Die langen Hälse gestreckt, verschwanden sie mit kräftigen Flügelschlägen am Horizont. Ihre Erscheinung machte ihn traurig.

Er stellte das Radio an; zwar kamen jetzt keine Nachrichten und kein Wetterbericht, aber manchmal wollte man menschliche Stimmen hören. Das Radio war in der Woche zuvor allerdings heruntergefallen, seither piepte und rauschte es kräftig.

«Ja, weiß nich, wie'chs nennen soll», sagte eine unsichere Mädchenstimme durch das Geknatter, «aber als ich ihn getroffen hab, an diesem Nachmittag, war danach alles anders.»

«Inwiefern anders?», fragte die Interviewerin. «Kannst du beschreiben, was danach anders war?»

«Ja, weiß nich», sagte das Mädchen, «ich hatte einfach den ganzen Tag Schmetterlinge im Bauch. Grad so, als ob …»

Grummelnd machte er das Radio wieder aus. Schmetterlinge im Bauch, eine der ärgsten volkstümlichen Wendungen.

Als er mit dem Kaffee an seinen Schreibtisch zurückging, klingelte das Telefon erneut.

Diesmal war es Ina, die aus dem Büro anrief.

«Was machst du grade?», fragte sie munter, als hätte er auch noch die Wahl zwischen Modellieren und Marmeladekochen.

«Ich arbeite ein bisschen.»

«Geht's voran?»

«Ja, klar.»

«Grade hatte ich Flora am Telefon», sagte Ina, «und ich soll dich unbedingt herzlich von ihr grüßen. Sie sagt, sie würde immer an dich denken. Also sag ich ihr: ‹Ruf ihn doch mal an, tröste ihn in seiner Einsamkeit.› Aber nein, das täte sie lieber nicht, sie traut sich nicht, denn du seist immer so barsch und streng, meinte sie, und sie weiß dann nicht, was sie sagen soll!» Sie brach in Gelächter aus, als hätte ihre Freundin da einen guten Witz gemacht.

«Das kommt, weil ich kein Kumpel bin», sagte er.

Floras Mann war vor ein paar Jahren gestorben. In der Todesanzeige in der Zeitung hatte diese Freundin von Ina geschrieben, sie habe ihren «allerliebsten Kumpel» verloren. Inzwischen aber «war es wieder Zeit für eine neue Beziehung», und die wichtigste Bedingung dafür war schon wieder, so hatte er sie bei ihrem letzten

Besuch sagen hören, dass man «miteinander gute Kumpels» war.

«Ja, spotte nur über eine arme Witwe», sagte Ina. «Heute ist es übrigens noch wärmer als gestern, was?»

«Ein Grad wärmer, aber ziemlich starker Wind.»

«Oh, das macht dem Eis nichts aus, das schmilzt trotzdem lustig weiter.»

«Ja. Heute Mittag lag ein totes Kaninchen auf der Insel.»

«Ach herrje!»

«Und ich hab noch sechs lebendige gesehen. Obwohl ich mir manchmal überlege, ob es auch wirklich sechs verschiedene sind. Manche rennen von der einen Seite zur anderen, also sehe ich vielleicht dieselben Kaninchen auf beiden Inselseiten? Ob die einfach von Ost nach West wechseln?»

«Ob überhaupt nur drei Kaninchen auf der Insel sind, die immer im Galopp Abkürzungen nehmen, um dort aufzutauchen, wo du gleich vorbeikommst?»

«Nicht drei. Heute Morgen hab ich ja noch vier auf einmal gesehen.»

«Ja, aber davon ist eins jetzt tot.»

«Stimmt.»

«Hör mal», sagte Ina, «ich trau mich kaum, es dir zu sagen, aber ich gehe heute Abend mit Mary und Jaap essen. Mary ist heute Nachmittag in der Stadt, und Jaap kommt von der Arbeit direkt ins Restaurant. Wir gehen zu Duchamps.»

«Schön. Und jetzt glaubst du, dass mir mein einsames Schüsselchen Bami nicht mehr schmeckt, weil ich weiß, dass du bei Duchamps bist?»

«Ach, ohne dich macht es mir eigentlich gar keinen Spaß. Aber ich will Mary und Jaap mal einladen. Die kochen so oft für mich, weißt du.»

«Menschenskind», sagte er, von dieser Art Solidarität irritiert, «glaubst du wirklich, ich gönne dir so ein Essen nicht? Du bestellst das Beste, was auf der Karte steht! Und zum Kaffee nehmt ihr einen schönen alten Armagnac und trinkt auf diesen altmodischen holländischen Winter, der es all den arroganten Trotteln, die schon nicht mehr an ihn glauben wollten, gezeigt hat.»

«Gut», sagte Ina, «und sobald du wieder hier bist, wiederholen wir das Ganze.»

«Abgemacht.»

«Hast du dir übrigens den Baum schon vorgenommen?»

Sie meinte diesen toten, bereits ganz entrindeten Baum, nicht weit vom Boot entfernt, der wie geschaffen war für den Allesbrenner.

«Nein, ich hab immer Rückenschmerzen.»

«Oh, dann pass lieber auf. Aber bist du auch ein bisschen heiter?»

Das fragte Ina ungefähr jeden Tag. Nachdem sie die Insel verlassen hatte – von der Rettungsbrigade mitgenommen, die im Auto übers Eis kam und Kaffee und Tee, große Mengen Trinkwasser, Dieselöl, Schnaps und Lebensmittel gebracht hatte –, nachdem er also alleine auf dieser von Kaninchen regierten Mist-Insel zurückgeblieben war, bekam er vorübergehend eine Depression. Er hatte natürlich kein Wort darüber verloren, aber Ina, die gegen trübe melancholische Anwandlungen selbst völlig immun war, besaß eine Art Krankenschwesternblick und

-gehör für seine Stimmungen und hatte es sofort gemerkt. Seither war eine ihrer Hauptsorgen, ob er nicht in seiner Einsamkeit zu melancholisch wurde.

«Enorm heiter bin ich», sagte er. «Und weißt du, wovon ich heute geträumt habe? Vom Quastenflosser.»

«Igittigitt», rief Ina. «Das hast du jetzt von solchen Büchern!»

Er lachte laut auf. «Du tust ja grade, als würde ich hier Marquis de Sade übersetzen!»

«Nein, aber vielleicht rührst du jetzt durch die dummen Fische die ganze Sache mit deinem Vater wieder auf?»

«In keiner Weise. Findest du es nicht komisch, dass ich mitten im Eis von einem Tropenfisch träume?»

Im Hintergrund von Inas Büro wurde etwas gerufen. «Augenblickchen», sagte sie.

«Grüße von Martin», fuhr sie gleich danach fort. «Er sagt, du sollst Patience spielen lernen. Aber ich lege jetzt auf. Denn hier fängt gleich eine Konferenz an, alle kommen schon rein. Rufst du mich heute Abend an? Aber erst gegen halb elf, nicht früher, ja? Wiedersehen, Schatz, und versuch, so viel wie möglich zu arbeiten!»

Er ging ohne Jacke auf das Vordeck und sah über die Eisfläche vor dem Boot. Gegen Abend, wenn die Sonne niedrig stand, bekam die grauweiße Masse etwas Violettes, so wie jetzt. Es war ungefähr vier Uhr; im Westen war der Himmel noch hell, färbte sich aber schon ein bisschen rosa. Da war so unermesslich viel Luft im Verhältnis zum Eis; um diese Zeit fiel es besonders auf.

Er beugte sich über den Bootsrand und sah hinunter. Das Eis umschloss die Schiffswand nicht mehr fest, es lief eine kleine Wasserrinne von etwa fünf Zentimetern Breite ringsherum. Das Schiff strahlte Wärme aus, die hatte die Kälte draußen in den letzten Tagen vertrieben. Damit war eine seiner größten Sorgen vom Tisch, nämlich dass der ständige Eisdruck auf das Schiff womöglich irgendwann eine Niete aus den eisernen Bodenplatten herauspressen und das Boot Wasser aufnehmen würde. Das war auch einer der Gründe gewesen, warum er es nicht hatte verlassen wollen. Wenn man bei so einem Vorfall rechtzeitig zur Stelle war, konnte man das Leck abdichten und es später reparieren. Wenn nicht, konnte das Boot innerhalb von einem halben Tag gesunken sein.

Die Angst vor einer solchen Katastrophe saß ihm so tief in den Knochen, dass er deswegen in der Zeit, als er noch über das Eis an Land gehen konnte – ungefähr anderthalb Stunden hin und anderthalb zurück –, eine ganze Einkaufstour hatte platzen lassen. Er war damals schon ziemlich weit vom Schiff entfernt gewesen, als er sich einmal umgedreht hatte und zu sehen vermeinte, die *Knurrhahn* liege schief. Seine Besorgnis war sofort ins Überdimensionale gewachsen, so sehr, dass er lieber auf frisches Brot verzichtet hatte und umgekehrt war – nur um bei seiner Ankunft festzustellen, dass gar nichts los war. Die Schieflage war eine optische Täuschung gewesen.

Der Anblick der Wasserrinne rings um das Schiff bereitete ihm also Vergnügen, wenn auch angesichts der Dicke des Eises nur ein bescheidenes. Heute war der letzte Januartag; bei durchschnittlichen Februartemperaturen würde diese Eisdecke noch Wochen brauchen, um zu schmelzen, und die Gefahr eines Eisstaus drohte auch noch immer lebensgroß.

Er hing auf den Ellenbogen über der Reling und starrte in die Ferne. Er stellte sich Inas Büro vor, wo gerade die Konferenz begann, und fühlte sich lächerlicherweise ausgeschlossen. In dem Rechnungsprüferbüro, in dem Ina nun schon fünfzehn Jahre lang als Sekretärin arbeitete, hatte er nichts verloren. Bei den gezählten Malen, die er dort gewesen war, hatte er sich über die Witze dieser Angeber geärgert, mit denen seine Frau täglich umgehen musste, alles Reicheleutesöhnchen mit teuren Streifenhemden und Manschettenknöpfen, für die die steigenden Börsenkurse das Höchste waren und von denen seine brave, nüchterne Ina doch sehr abstach, auch wenn sie sich dort wohl fühlte und von den Geldwölfen auf Händen getragen wurde. Aber wenn er sich nun in seiner Verlassenheit all das Geplauder und Gelächter vorstellte, das Klappern von Kaffeetassen, die Rauchschwaden unter den Lampen, schien es ihm leidvollerweise als das Nonplusultra der Gemütlichkeit. Dort war Leben, Fülle, Bewegung. Hier nur Leere, Langeweile und ein Buch über kalte Idiotenfische mit ihrem albernen Geputze und Gepaare.

Auch die Brasserie Duchamps, wohin Ina heute Abend mit ihren Freunden essen ging, leuchtete plötzlich im Licht elegant-kulinarischer Verfeinerung. Als er das letzte Mal dort gewesen war, hatten ihn die Studenten mit ihren weißen Schürzen genervt, die so deutlich keine Kellner waren und es auch zeigten, ganz zu schweigen von «Geflügel auf geldersche Art», womit in der Karte Huhn umschrieben wurde, und all dieser hochtrabende Schwachsinn von «Entenleber mit Lychee-Chutney an Tintenfischcreme», kurz, die ganze Atmosphäre hedonistischer Hohlköpfigkeit – dass man mit den Jahren milder wurde, davon spürte er nichts –, und nun? Nun würde er viel drum geben, heute Abend genau dort zu sein, und das ärgerte ihn über die Maßen, weil es allmählich zur Regel wurde.

Wenn er in den vergangenen zwei Wochen abends die Lichter des Sendemastes betrachtet hatte, hatte er sich sogar häusliche Szenen ausgemalt. Leute, die sich nett zusammen eine Unterhaltungssendung ansahen oder einen guten Film. Während er normalerweise nach zehn Minuten Fernsehen einen Koller bekam – über den zur Schau gestellten Narzissmus, die Infantilisierung, die *political correctness* und *trendiness* – und praktisch nur alte französische Kriminalfilme mit Philippe Noiret und Michel Piccoli bis zum Ende ertrug.

Von Westen her schwebte ein langer Zug dunkelblauer Wolken am hellrosa Horizont entlang. Schön. Er vermisste Ina umso mehr. Sie hätte wahrscheinlich auch nur ein «Hübsch, die Wolken da, oder?» gesagt, aber trotzdem schien er die Dinge nur halb zu sehen, wenn sie nicht da war. Als ob sie eigentlich nicht existierten, oder als ob ihre Existenz jedenfalls nicht bestätigt würde, wenn er sie nicht mit ihr teilen konnte. So war das offenbar, wenn man seit über dreißig Jahren miteinander verheiratet war.

Während er in die Ferne starrte, sah er auf einmal, wie aus den Nebeln über dem Horizont ein Segel auftauchte, ein großes trapezförmiges Segel, wie von einer alten chinesischen Dschunke. Vage zeichneten sich die Umrisse vor dem Himmel ab, nicht, dass das Schiff auf ihn zugefahren wäre, es lag ja im Eis fest, sondern weil ringsherum Nebelfetzen wegzogen und dadurch preisgaben, was bisher unsichtbar gewesen war. Bewegungslos segelte das Schiff über das Eis. Ein vom Kurs abgekommenes Handelsschiff, in den eigenen Gewässern vermisst, für ewig verloren geglaubt, aus der Zeit gefallen, zum Spukschiff verkommen. Er schaute intensiv hin und sah an Deck etwas Dunkles träge flattern, etwas, das immer länger wurde, als ob man dort drüben dabei wäre, Ballen mit schwarzem Seidenstoff oder Voile abzurollen, die hinter dem Schiff im Wind herwehten wie ein Trauerflor. Oder ein Gruß?

Mit angehaltenem Atem umklammerte er die Reling und schaute in die Ferne, wo das Schiff plötzlich wieder vom Nebel umschlossen wurde, sodass man nichts mehr sah. Er rieb sich die Augen, schüttelte unwillkürlich den Kopf und suchte den Horizont in alle Richtungen ab. Es war ein normaler Montagnachmittag, Ende Januar im IJsselmeer. Das Eis wurde immer violetter. Er sah wieder nach Westen, wo das Schiff gerade gelegen hatte, aber es war nichts Besonderes mehr zu erkennen.

Obwohl …

Lief da jetzt jemand Schlittschuh, oder war auch das ein Trugbild? Schon seit einer Woche ließ sich hier kein Eisläufer mehr blicken. Vorher wohl, sogar eine ganze Menge. Zwar lag sein Boot ein Stück von der Schlittschuhroute entfernt, und das Eis vor der Insel war bucklig und uneben, sodass sich niemand bis zu ihm vorgewagt hatte, aber er hatte doch Dutzende – und an den Wochenenden, wenn Touren organisiert wurden, manchmal Hunderte – von Menschen täglich vorbeilaufen sehen und ab und zu sogar mit einigen gesprochen. Aber jetzt?

Mit halb zusammengekniffenen Augen starrte er in die Ferne. Tatsächlich, das war ein Schlittschuhläufer.

Er rannte ins Boot, um den Feldstecher zu holen, kehrte mit ihm an Deck zurück und richtete das Glas auf das winzige dunkle Figürchen in der Ferne. Der Eisläufer bewegte sich auf ihn zu. In hohem Tempo, nichts verriet, dass er über weiches Eis oder sogar durch eine Schicht Wasser laufen musste. Irgendein Fanatiker. Einer, der so lange lief, wie es überhaupt nur ging. Er folgte der Figur ein paar Minuten lang mit Sympathie und einer gewissen Erleichterung. Dort lief jemand Schlittschuh, der aus Fleisch und Blut war, ein sportlicher Typ, jemand, der nichts mit unerklärlichen Gespenstern am Horizont zu tun hatte. Plötzlich begann dieser Läufer Spiralen zu drehen, stand dann nahezu still, schien irgendwie unschlüssig und fuhr wieder zurück in die Richtung, aus der er gekommen war. Er folgte ihm noch eine Weile, bis er am westlichen Horizont in eine Nebelbank hineinfuhr und von einem Moment zum andern der Sicht entzogen war.

Er fröstelte und ging wieder hinein. Heute Abend weiße Bohnen. Er hatte Lust auf ein Glas Whisky, aber es gab nur noch jungen Genever. Und noch mehr sehnte er sich nach einer guten Zigarre. Hätte er doch bloß bei seiner letzten Einkaufstour ein Taxi genommen und sich zu einem Laden mit Hajenius-Zigarren fahren lassen! Jetzt war die Chance vertan.

Die Abende waren am schlimmsten, vor allem, seit das Radio kaputtgegangen war und das Krachen und Pfeifen verhinderten, dass man länger zuhören wollte als gerade nur den Nachrichten und dem Wetterbericht. Der Fernsehempfang klappte hier nicht. Musik wäre gegangen, aber er war nicht in der richtigen Stimmung, normalerweise auch nicht oft, aber jetzt überhaupt nicht. Bei Musik fühlte er sich noch einsamer. Er telefonierte auch selten. Manchmal riefen Bekannte an, um sich zu erkundigen, wie es ihm ginge, aber er selbst rief niemanden an, außer Ina. Ab und zu erwog er ein Gespräch, aber aus irgendwelchen Gründen kam es nie zustande. Je größer die Einsamkeit, desto mühsamer, sie zu durchbrechen.

Er goss sich ein Glas Schnaps ein – der Vorteil, keinen Whisky im Haus zu haben, war, dass man dann weniger trank – und setzte sich hinter seinen Computer, der Tag und Nacht lief, um dem Aggregat den Schock des Aufstartens zu ersparen. Er wollte noch mindestens zwei Stunden arbeiten.

Um neun Uhr klingelte das Telefon. Er nahm ab, nannte seinen Namen und hörte ein leises Rauschen, als ob die Verbindung von weit weg käme. Der Anrufer sagte etwas, das er kaum verstehen konnte, etwas mit «Zentrale» drin, und dann wurde die Verbindung plötzlich besser, als ob jemand einen Knopf gedrückt hätte.

«Ist Herr Omsof bei Ihnen?», fragte ein Mann. Es klang wie aus einer Raumkapsel.

«Nein», sagte er misstrauisch.

«Er ist nicht da?», fragte die Stimme.

«Ich weiß nicht, wen Sie meinen», sagte er abweisend. «Sie haben sicher eine falsche Nummer.»

«Ich habe diese Nummer hier», sagte der Mann und nannte die Ziffern von Rubens Handy. «Sind Sie das?»

«Das bin ich. Aber der Herr, den Sie suchen, ist nicht hier.»

«Komisch», sagte der Mann am anderen Ende. «Herr

Omsof hat Ihre Nummer als diejenige angegeben, unter der er heute Abend zu erreichen wäre.»

«Das stimmt nicht. Ich kann Ihnen leider nicht helfen.»

«Dann liegt sicher ein Irrtum vor. Entschuldigen Sie bitte.»

«Selbstverständlich. Guten Abend.»

Herr Omsof, dachte er, als er wieder auf den Schirm starrte. Oder war es Olmshof gewesen? Oder Ohmshof? Was machte das schon aus.

In contrast to the trout and the bullheads, in which parental care drastically reduces the number of eggs each female must produce to keep the species going, the perch makes no provision for the protecting of its eggs …

Es ging langsam voran, aber er arbeitete stetig weiter. Ab und zu sah er aus dem kleinen Fenster über seinem Arbeitstisch, starrte in die Dunkelheit, dachte an die chinesische Dschunke, die er zu sehen geglaubt hatte, und arbeitete wieder weiter.

Wie üblich lag er nachts um drei Uhr wach im Bett. Das war ein Überbleibsel aus der Zeit des Vierstundenrhythmus, in dem er wochenlang gelebt hatte. Als es noch fror, brannte Tag und Nacht ein Heizstrahler im Maschinenraum, um ihn frostfrei zu halten. Das fraß natürlich Strom, und deshalb hatte er alle vier Stunden das Aggregat, das die Akkus auflud, mit Diesel nachfüllen müssen. Jede Nacht hatte er sich den Wecker auf drei Uhr gestellt. Jetzt, wo das nicht mehr nötig war, wurde er immer noch pünktlich um drei Uhr wach, konnte nicht mehr schlafen und horchte auf die Geräusche draußen im Eis.

Das Scheuern der Eisdecke an der Schiffswand hörte er nicht mehr, seit das Boot frei im Wasser lag; höchstens ab und zu einen sanften Ruck, wenn der Wind das Schiff an den Rand der Eisdecke stieß. Aber das Krachen im Eis war noch unvermindert zu hören, ab und zu sogar ein Knall. Kein Vergleich mit den Explosionen mitten im schärfsten Frost, als Risse mit einem Geräusch durchs Eis liefen, als würde ein Stahlkabel gekappt, Risse, die sich manchmal wie singende Sägen durchs Eis fortpflanzten, aber auch wie knallende Schüsse. Sie klangen dumpfer, seit das Tauwetter eingesetzt hatte, aber die Spannung war ersichtlich noch nicht aus der Oberfläche gewichen. Tagsüber beachtete er die Geräusche kaum, nachts dagegen beunruhigten sie ihn gerade in letzter Zeit umso mehr. Kürzlich war er noch mitten in der Nacht aufgestanden, um mit der Sturmlaterne das Eis zu kontrollieren. Seine große Angst war, dass sich das Eis stauen könnte und die *Knurrhahn* dabei mit eingedrückter Schiffswand wie ein zerquetschter Käfer auf die Insel geschoben würde. Vielleicht wäre dies sogar der logische Ausgang des ganzen blödsinnigen Überwinterungsabenteuers. Der Frierende Holländer. Skipper schlägt wohl gemeinten Rat in den Wind, fährt im falschen Moment aus und wird vom Eis eingeschlossen. Wartet auf Rettung, aber ohne zu beten, und wird bestraft. Ein Spukbild, das sich nachts nur mühsam vertreiben ließ.

Endlich schlief er ein, wachte aber um fünf Uhr früh erneut auf, aus einem vagen, wenn auch beklemmenden Traum über den Herrn Omsof, der offenbar hier an Bord war; und auch nachdem er schon eine Zeit lang ins Dunkel gestarrt hatte, wollte die Unheil verkündende Aura dieses Traums nicht weichen. Er warf sich von einer Seite auf die andere, aber eine unbestimmte Unruhe nahm ihn gefangen. Er kannte das Gefühl, hatte es einmal gehabt, als er zu viel getrunken hatte und dann wach wurde, aber das war jetzt nicht der Fall.

Nach einiger Zeit hielt er es im Dunkeln nicht mehr aus. Er knipste die Nachttischlampe an, richtete sich ein bisschen auf und blieb mit halb geschlossenen Augen ins Licht blinzelnd ein paar Minuten auf seinem Kissen liegen. Das Dunkel hinter dem kleinen Lichtkreis des Lämpchens wurde immer schwärzer. Er behielt die ganze Zeit die Leere im Auge, die den Durchgang zwischen dem abgeteilten Raum, worin das Bett stand, und dem Wohnraum bildete. Es war nichts Besonderes zu hören, nur das vertraute Knarren und Ächzen des Bootes, und doch war etwas nicht in Ordnung.

Er stand auf, zog seinen Morgenmantel an und sah sich um. In einer Ecke lagen die schweren Bergschuhe, die er während der bittersten Kälte bei seinen Spaziergängen über die Insel getragen hatte. Er packte einen davon beim Schaft, trug ihn mit dem Absatz nach vorn vor sich her und ging langsam in den Wohnraum hinüber. Der blaue Schein des Monitors erhellte den Raum. Die helle Sitzbank hatte eine kranke, blasslila Färbung angenommen. Die Bücherregale bildeten hohe schwarze Trennwände. Er sah sich um, als ob er damit rechnete, jemanden zu überraschen, und vertauschte den Schuh gegen einen koreanischen Reisstampfer, der auf einem Brett lag. Langsam durchquerte er den Gang und knipste in der

Küche das Licht an. Bewegungslos standen die Stühle um den Tisch, unschuldig hingen die Pfannen an den Haken.

Er ging zurück in den Gang, zog ein Paar Schuhe an, stieg den kleinen Niedergang hinauf, schob behutsam den Riegel zurück und ging nach draußen auf das Vordeck, das im Licht des Halbmonds schwach erglänzte. Noch einen Augenblick lang hatte er das Gefühl, auf einem Schiff zu stehen, das der Herr Omsof soeben verlassen hatte, aber dann brachte ihn die kühle Nachtluft zur Besinnung. Er lehnte sich an das Kajütendach und starrte über die Eisfläche, die im Mondlicht grünlich leuchtete.

Bestimmt hatte es mit dem Einsetzen des Tauwetters zu tun. Als es noch fror, musste er gegen die Elemente kämpfen; damals kam es darauf an, dass er und sein Schiff überlebten, harte Arbeit war das gewesen. Der Frost war ein grimmiger Feind, der nicht mit sich spaßen ließ. Das war jetzt Vergangenheit, kein Kampf mehr, nur noch endloses Aussitzen seiner Gefangenschaft, so isoliert wie noch nie, und Warten auf das große Tauen. Und dieser Wetterumschlag war ihm auf den Geist geschlagen. Nie und nimmer wäre er vor zwei Wochen, als es noch Stein und Bein fror, auf die verrückte Idee gekommen, ein Einbrecher sei in sein Schiff eingedrungen. Der Frost hatte sein Wesen gestählt, das Tauwetter schwächte es nun.

Er fröstelte im Morgenmantel und ging wieder hinein.

3

NACH SEINEM MORGENSPAZIERGANG – neun Kaninchen – machte er ein Feuerchen, um ein paar Abfälle zu verbrennen. Das war immer vergnüglich, und sei es nur wegen der leeren Flaschen, die man hineinwerfen konnte und die dann zersprangen. Während er damit beschäftigt war, wurde ihm auf einmal eine Luft-Schau angeboten. Drei Düsenjäger flogen in Formation über das IJsselmeer und zogen kreideweiße Streifen am stahlblauen Himmel hinter sich her. Obwohl sie hoch flogen, konnte man sie gut hören. Ziemlich genau über der Insel beschrieben sie zu dritt eine Schlaufe, durchkreuzten ihre eigenen Streifen wieder und flogen weiter. Wie ein himmlisches Zeichen stand die dreifache weiße Schlaufe über ihm in der Luft, erst gestochen scharf, dann schnell zerfasernd. Er überlegte, ob die Piloten sein Schiff und das Feuer daneben wahrgenommen hatten, betrachtete die Schlaufe jedenfalls als eine Art Gruß und sah eine Zeit lang zu, wie sie auseinander flockte, die Form verlor, sich schließlich auflöste. Wieder ein Ereignis auf der Insel.

Als das Feuer ausgegangen war, kehrte er die Scherben zusammen und warf sie in die Wasserrinne rund ums Schiff. Dann hackte er mit dem Beil ein paar Äste vom toten Baum, mehr um die Ichthyologie noch aufzuschieben, nicht weil er ein Bedürfnis nach körperlicher Anstrengung verspürt hätte, aber er bekam Rückenschmerzen und hörte schnell wieder damit auf. Schließlich setzte er sich an seinen Schreibtisch, unterdrückte seinen Widerwillen gegen den dumm und grausam aussehenden Pelikanaal und begann, dessen Nistverhalten zu übersetzen.

Als er vom Mittagsspaziergang zurückkehrte – sieben Kaninchen –, ging er noch ein bisschen um das Boot herum und inspizierte die Schiffswand, als er in der Ferne wieder einen Schlittschuhläufer sah. War es derselbe wie gestern? Die dunkle Gestalt ließ den Schwung ungefähr auf der Höhe des Schiffs ausklingen, stand nun genau wie gestern einige Zeit still und schien in seine Richtung zu schauen. Wenn es wirklich so war, dann standen sie jetzt beide ungefähr einen Kilometer Luftlinie voneinander entfernt und starrten sich an. Er hatte plötzlich den Impuls zu winken, tat es aber doch nicht. Man hätte denken können, er rufe um Hilfe oder wolle dringend einen Schwatz halten, und so weit war es mit ihm nun doch noch nicht gekommen. Aber die ferne Gestalt setzte sich plötzlich in Bewegung und fuhr auf ihn zu.

Was nun? Unerwarteter Besuch!

Der Schlittschuhläufer kam schnell näher. Ein athletischer Junge, das konnte man sehen. Je näher er kam, desto schlechter und unebener wurde das Eis. Deshalb musste er Schwung wegnehmen, bestimmten Stellen ausweichen, Umwege fahren, und plötzlich war etwas Elegantes, Graziöses in seinen Bewegungen, das darauf schließen ließ, es sei eine Frau, ein Mädchen. Ja, jetzt konnte man es deutlich sehen: Die Beine, die Gesäßrundung unter der kurzen Jacke, wenn sich die Gestalt mehr seitlich zeigte – und auch das Gesicht war jetzt zu erkennen. Es war eine Frau, die da angelaufen kam. Er kämmte sich mit den Fingern die Haare zurück und fuhr sich unwillkürlich mit der Hand über den Stoppelbart.

Das letzte Stück fuhr die Läuferin ganz gemächlich, mit trägen, langen Schwüngen, als ob sie erst noch abschätzen wollte, bei wem oder was sie da eigentlich landete. Ungefähr zehn Meter von ihm entfernt kam sie mit einer subtilen, nach innen gedrehten Fußbewegung abrupt zum Stehen. Sie war jung, vielleicht Anfang zwanzig, ganz in Schwarz gekleidet, mit einer hellen, sommersprossigen Haut, geröteten Wangen und einer roten Nasenspitze.

«Hallo», sagte sie und zog die schwarze Mütze vom Kopf, als ob das Ding sie behinderte. Mit ihren behandschuhten Händen wühlte sie einen Wasserfall von roten Haaren los.

Unversehens überfiel ihn starke Rührung. Er hatte kein besonderes Faible für rothaarige Frauen, jedenfalls nicht bewusst, aber dieses Haar, in der Tönung feuriger Herbstblätter, oder besser gesagt in einem schönen Rosé, war eine solche Explosion von Farbe in seinem grauen, weißen und fahlen Dasein, dass sich schlagartig ein melancholisches Gefühl von Mangel und Sehnsucht einstellte. Sehnsucht wonach? Das war nicht ganz klar, aber dieses warme weibliche Rot machte ihm klar, wie fahl und dürftig sein Leben hier geworden war, wie dürr und freudlos seine Gedanken.

«Hallo», sagte er. Es klang ein bisschen heiser, er hatte stundenlang nicht mehr mit sich selbst gesprochen, und er räusperte sich. «Dass man bei diesem Wetter noch Schlittschuh laufen kann! Ist das Eis nicht viel zu weich?»

«Nein», sagte sie.

«Aber du bist weit und breit die Einzige. Wenigstens sehe ich von hier aus niemanden mehr vorbeikommen. Oder ist es weiter draußen auf dem Eis anders?»

Das Mädchen drehte den Kopf in die Richtung, aus der sie gekommen war, und sah über die Eisfläche wie jemand, der vollkommen versäumt hat, auf die anderen zu achten, es aber jetzt nachholen will.

«Nein», sagte sie zustimmend, «man sieht niemanden.»

«Aber du saust mit einem Tempo daher, als ob das Eis noch spiegelglatt wäre!»

«Ja», sagte sie schlicht, und ihr Blick glitt ab und zum Boot hinüber, als verstünde sie nicht, worauf er so herumritt.

«Ich bin eingeschlossen, wie du siehst. Schon seit dem 26. Dezember. Am zweiten Weihnachtsfeiertag sind meine Frau und ich ausgefahren, um einen neuen Motor zu testen, und dabei wurden wir vom Frost überrascht.»

Sie schwieg und musterte weiter das Boot.

«Wir waren hierher gefahren, um ein oder zwei Nächte draußen liegen zu bleiben», erläuterte er. «Und als wir abends im Radio hörten, dass starker Frost käme, dachten wir: Gleich morgen früh wieder zurück. Aber als wir morgens fahren wollten, stellte sich heraus, dass der Motor mit Paraffin verstopft war. Zwei Stunden haben wir geschuftet, um ihn sauber zu machen, und das waren genau zwei Stunden zu viel. Es tauchten plötzlich so viele Eisschollen auf, dass einfach kein Durchkommen mehr war. Na ja, anfangs haben wir noch gedacht: Lang kann das nicht dauern, aber es dauerte und dauert bis zum heutigen Tag.»

Sie lächelte.

«Dabei hatte man mich noch gewarnt! Ein Freund von mir sagte: ‹Willst du wirklich jetzt aufs IJsselmeer rausfahren? Was machst du, wenn es plötzlich stark friert?› Aber man denkt nur: Stark frieren? In diesem Land? Die Winter sind auch nicht mehr das, was sie mal waren.»

Sie schaute ihn an, weiterhin schweigend.

«Nach einer Woche hatten wir genug», fuhr er fort. «Wir haben dann die Küstenwache angerufen und gefragt, ob ein Eisbrecher kommen könnte, aber es stellte sich heraus, dass es nicht ging. Der kleine Hafen hier ist kaum einen Meter zwanzig tief, der Eisbrecher hat über anderthalb Meter Tiefgang, also kann er nicht bis hierher kommen. Die von der Rettungsbrigade sind wohl hier gewesen, ja, sogar zweimal. Sie haben Trinkwasser und Diesel mitgebracht und eine Menge Proviant, aber mehr können sie nicht tun.»

Wieder lächelte sie ein bisschen.

«Meine Frau ist inzwischen zurückgegangen und wohnt jetzt bei einer Freundin. Sie konnte ihren Urlaub nicht die ganze Zeit verlängern, das wurde langsam zu bunt, und deshalb … na ja …»

Er hielt plötzlich inne. Wie kam er dazu, hier sein ganzes Leben auszubreiten, vor einem wildfremden Mädchen, das nicht danach gefragt hatte? Warum machte er das? Weil sie selbst so wenig sagte vermutlich. Dadurch wurde er geschwätziger, als er war.

«Und deshalb sitze ich jetzt hier», schloss er.

Nachdenklich schaute sie weiter auf das Schiff, das schwache Lächeln noch immer um die Lippen.

Sie war nicht direkt eine schöne Frau. Das üppige rote Haar war prächtig, aber ihr Gesicht war mager, bleich, beinahe asketisch, mit einer schmalen knochigen Nase, die zu zart war, um als Hakennase oder Zinken durchzugehen, aber doch eher apart als schön. Und ihr nachdenklicher Blick ließ ihn plötzlich daran zweifeln, ob sie wirklich so jung war. Sie konnte auch dreißig sein, bei diesem Typ war das schwer zu sagen. Sie war groß und sehr schlank, was durch die stark taillierte schwarze Jacke noch unterstrichen wurde, die so eng anlag, dass wahrscheinlich kein dicker Pullover mehr drunter Platz hatte. Sie war offensichtlich viel zu leicht angezogen.

«Und Sie laufen nicht Schlittschuh?», fragte sie.

Die Frage verblüffte ihn. Alle Leute, mit denen er in den letzten Wochen über seine Lage gesprochen hatte, sagten: «Wie einsam müssen Sie sich fühlen!», oder: «Haben Sie auch einen guten Ofen?», oder: «Warum gehen Sie nicht weg aufs Festland?» Kein Einziger hatte gefragt: «Und Sie laufen nicht Schlittschuh?»

«Nein», sagte er. «Hab ich nie getan. Schon als Kind nicht. Hatte nie Lust dazu. Ich bin Skipper, kein Eisläufer.»

Sie nickte bedächtig.

«Ich bin jemand, der gern mit beiden Beinen fest auf der Erde steht. Und das Bootsdeck ist für mich der Einfachheit halber auch so was wie Erde. Als noch eisiger Frost war, bin ich wohl ein paar Mal an Land gegangen, um Besorgungen zu machen. Man ist den halben Tag unterwegs, aber man hat auch frische Lebensmittel und außerdem mal was anderes gesehen. Das geht jetzt nicht mehr. Es ist zu glitschig und zu rutschig. Jetzt lebe ich von meinen Vorräten.»

Sie sah über die Insel, als wollte sie sich ein Bild von seiner Lage machen.

Er zwang sich zu schweigen. Jetzt bist du mal an der Reihe, dachte er. Aber sie stand nur da. Wie jemand, der unvermutet auf ein sonderbares, wenn auch interessantes Phänomen gestoßen ist, das er nun in aller Ruhe studieren will.

«Außerdem erforsche ich die hiesige Kaninchenwelt», sagte er. «Nicht gerade abendfüllend, aber man darf auch nicht zu viel verlangen.»

Wieder glitt die Andeutung eines Lächelns über ihr Gesicht. Sie hatte einen schönen Mund.

«Vorige Woche hättest du hier sein müssen», sagte er, «ich meine, die Wochen vorher. Da war tagelang herrliches Eislaufwetter: sonnig, klar, nicht zu viel Wind. Bist du damals auch schon hier Schlittschuh gelaufen?»

Sie schüttelte den Kopf. «Damals konnte ich leider nicht.»

«Also holst du es jetzt nach.»

Er fiel ihm schwer zu schweigen. Es war so eigenartig, plötzlich jemanden zum Reden zu haben; er konnte doch nicht stumm bleiben wie ein Fisch?

«Ja.»

Sie hatte angefangen, leicht mit den Kufen aufs Eis zu

schlagen, wie ein junges Pferd, das ungeduldig mit den Hufen zu scharren beginnt, und sagte dann plötzlich: «Wenn ich morgen wieder in die Gegend komme, kann ich Ihnen dann vielleicht was mitbringen?»

Er war überrascht. Sie sagte zwar nicht viel, aber das Angebot, ihm etwas mitzubringen, hatte ihm bisher auch noch keiner gemacht. «Ja, würdest du denn mit einem Netz Apfelsinen auf dem Rücken oder einer Flasche Whisky aufs Eis gehen?», sagte er. «Das kann ich doch schwerlich verlangen.»

Sie zuckte mit den Schultern, als wollte sie sagen: Warum nicht?

«Außerdem muss man erst mal abwarten, ob man morgen noch laufen kann. Laut Wetterbericht wird es in den nächsten Tagen immer milder. Du kannst dir vorstellen, wie genau ich den Wetterbericht verfolge.»

«Ich denke, es wird schon noch gehen», sagte sie. «Also, wenn Sie etwas haben wollen …»

«Na ja…», meinte er zögernd. Tatsächlich war ihm etwas eingefallen, nur war er sich nicht sicher, ob er das verlangen konnte. «Ich weiß nicht, wo du wohnst – aber gibt es bei dir in der Nähe vielleicht ein gutes Zigarrengeschäft?»

Sie musste einen Augenblick nachdenken.

«Ja, schon», sagte sie dann.

«Wirklich? Gott, wenn du mir dann eine Schachtel Zigarren mitbringen könntest?»

«Was für Zigarren?»

«Corona Naturel Spezial von Hajenius, wenn sie die haben. Dafür würde ich morden! Eine Schachtel mit neun Stück.»

«Corona Naturel Spezial von Hajenius», wiederholte sie. «Neun Stück. Gut, ich werd's probieren.»

«Wirklich? Dann ... warte mal, ich gebe dir das Geld mit.»

«Das geht morgen auch noch.»

«Aber es sind teure Zigarren! So eine Schachtel kostet um die achtzig Gulden. Ich hole schnell das Geld aus dem Schiff und schreibe dir dabei gleich den Namen auf.»

Sie schüttelte den Kopf. «Das merke ich mir schon, und mit dem Geld hat es Zeit bis morgen.»

Sie setzte ihre Mütze wieder auf und begann auf ihren Schlittschuhen zu tänzeln, als ob sie die ganze Zeit nur noch auf diese Bestellung gewartet hätte. Als ob sie einzig und allein ausgesandt wäre, um im Eis eingeschlossene Skipper mit Delikatesswaren zu versorgen, und jetzt keine Zeit mehr zu verlieren hatte.

«Also dann, bis morgen», sagte sie.

«Bis morgen», sagte er. «Hoffentlich klappt es. Ich finde es auf alle Fälle sehr lieb von dir.»

Sie lachte, stieß sich ohne weitere Bemerkungen ab und fuhr davon.

«Aber sei bloß vorsichtig!», rief er ihr nach. «Wenn es nicht mehr geht, dann geht es eben nicht! Nur kein Risiko eingehen!»

Es schallte ziemlich lächerlich übers Eis. Ängstlicher Opa ruft leichtsinniger Enkelin etwas nach. Ohne sich umzudrehen, hob sie kurz die Hand.

«Jesus», sagte er laut.

Was für ein eigenartiges Mädchen. Würde sie ihm wirklich morgen eine Schachtel Coronas bringen? Einen Augenblick lang dachte er, dass sie es überhaupt nicht vorhatte und deswegen auch kein Geld hatte annehmen wollen. Vielleicht hatte er einen so verdächtigen Eindruck gemacht, mit seinen schlampigen Kleidern und dem Stoppelbart, dass sie mit ihrem Angebot einfach nur auf elegante Art von ihm fortkommen wollte. Aber sie hatte so ruhig und selbstbewusst gewirkt, überhaupt nicht ängstlich. Nein, mein lieber Saarloos, dachte er, viel eher hält sie dich für einen einsamen alten Teufel, dem sie diese Schachtel Zigarren aus purer Nächstenliebe mitbringt.

Noch leicht verblüfft starrte er dem kleiner werdenden Figürchen nach. Ein aufflammender Zank zwischen zwei Eichelhähern in einem nahen Baum lenkte ihn einen Augenblick ab, und als er wieder aufs Eis schaute, war sie schon nicht mehr zu sehen.

Plötzlich wurde er übermütig und heiter und begann kleine Steine übers Eis hüpfen zu lassen.

«Hast du den ichthyologischen Drachen heute in Stücke gehackt?», fragte Ina.

«Ja, so ziemlich», sagte er.

Ina erzählte den neuesten Bürotratsch und verbreitete sich dann wie gewöhnlich über den Wetterbericht. Niemand fing per Radio und Fernsehen so viele nahende Warmluftfronten, Tiefdruckgebiete mit lauem Regen und andere fürs Eis vernichtende Wetterphänomene auf wie Ina. Diesmal hatte sie aus dem Mund eines meteorologisch bewanderten Bekannten gehört, dass Eis um Inseln herum immer schneller brach und wegschmolz als auf offener See, sodass eine echte Chance bestand, dass er schon bald zu einer Stelle fahren konnte, die so tief war, dass der Eisbrecher sie erreichte. Er musste über sie lachen und sagte ihr, dass er sie vermisste, worauf sie sagte, dass sie ihn auch vermisste, aber dass es jetzt wirklich nicht mehr lange dauern konnte. Sie hatte sich heute in der Mittagspause schon eine Frühlingsbluse gekauft, sagte sie, in dem Blau, das er so mochte, und man werde ja sehen, wie bald er das an ihr bewundern könne.

Von seinem Überraschungsbesuch am Nachmittag erzählte er nichts, und als sie ihr Gespräch beendet hatten, versuchte er herauszufinden, warum nicht. Warum hatte er Ina, die sich für die kleinste Kleinigkeit interessierte, wenn sie nur ein bisschen Abwechslung in seine langweilige Existenz bringen konnte, nicht von dem Mädchen erzählt, das ihm morgen eine Schachtel Zigarren besorgen würde? Weil sie das komisch finden mochte? Nein, so kleinlich war Ina nicht. Sie hätte es im Gegenteil begrüßt und nett von dem Mädchen gefunden und wäre froh darüber gewesen, dass ihm unerwartet solche Aufmerksamkeit zuteil wurde. Nein, er hatte deshalb nichts davon erzählt, dachte er, weil es so unsicher war. Die Wahrscheinlichkeit war hoch, dass es mit dem Eislaufen plötzlich aus und vorbei war oder dass das Mädchen das Angebot schon bedauerte oder schlicht nicht dazu kam, in dieses Zigarrengeschäft zu gehen. Oder dass es tatsächlich nur ein höfliches Manöver gewesen war, um von ihm wegzukommen. Warum sonst wäre sie plötzlich so schnell verschwunden? Und war es denn üblich, einer Wildfremden achtzig oder neunzig Gulden vorzustrecken, ohne zu wissen, ob man sie je wieder sah? Hätte er Ina nun in die Geschichte eingeweiht, wäre sie morgen mit enttäuscht gewesen, wenn niemand gekommen wäre.

Er selbst rechnete immer mit so etwas, aber Ina, die so fest an die Menschheit glaubte, hätte es als schweren Dämpfer für seinen Tag betrachtet und vermutlich befürchtet, seine Melancholie werde sich weiter verstärken. Das war der Grund, und deshalb war es gut, dass er ihr nichts davon erzählt hatte.

Während des Abendspaziergangs zwischen fünf und sechs Uhr fiel ihm wieder einmal auf, wie falsch der Ausdruck «die Nacht bricht an» eigentlich war. Die Nach brach nicht an, die Nacht stieg langsam aus der Erde. Nirgends konnte man das deutlicher sehen als auf seiner Insel. Die Dunkelheit kroch zwischen den Bäumen und Sträuchern hervor, und auch aus der Eisoberfläche, die immer dunkler und grauer wurde, während der Himmel noch hell blieb und sogar leuchtend strahlte.

An der Spitze des Kaps machte er Halt und spähte nach Westen, wo gestern die chinesische Dschunke zwischen den Nebelbänken aufgetaucht war. Heute war kein Nebel da, und auch keine Dschunke. Nur unabsehbar viel IJsselmeer. Er sah auf die Uhr. Viertel nach fünf. Auffallend häufig schaute er hier auf die Uhr, obwohl doch keinerlei Notwendigkeit dafür bestand; er musste nirgendwo pünktlich zur Stelle sein. Vielleicht war es die Langeweile, jenes fortwährend im Hintergrund nagende Gefühl «wie lange noch?». Aber vielleicht auch ein immer zwanghafter werdendes Bedürfnis, die Kontrolle über die Zeit zu behalten. Dasselbe Bedürfnis, aus dem heraus er das eiserne Regelmaß von drei Spaziergängen pro Tag festgelegt hatte. Vor lauter Angst, mitten in diesem unermesslichen Raum auch noch zu ertrinken – in der Zeit.

Im orangerosa aufleuchtenden Himmel trieb eine einzelne, riesengroße dunkelgraue Kumuluswolke dahin wie ein Pottwal. Ein Pottwal von zehn- oder zwanzigfacher Lebensgröße. Schräg von rechts näherte sich ein Flugzeug, das einen grellrosa leuchtenden Streifen zog und sich direkt hinter dem Kopf in den Leib des Walfischs bohrte. Der ist jetzt harpuniert, dachte er und fand sich sehr komisch.

Das Buch über Fische – so viel hatte er schon beim flüchtigen Durchblättern gesehen – enthielt einen Extraabschnitt über den Quastenflosser oder Coelacanthus, und an diesem Abschnitt saß er jetzt. Er konnte ihn auch erst mal überschlagen, um ihn ein andermal zu übersetzen, aber warum?

Er las den Text durch. Sieh einer an, dachte er, die modernen Erkenntnisse über das lebende Fossil! Über *Latimeria chalumnae Smith 1939*, genauer gesagt. Ziemlich viele Fakten, die er noch nicht kannte, sein Wissen über den Fisch stammte schließlich auch aus den Jahren direkt nach dem Zweiten Weltkrieg, als erst zwei Stück gefangen worden waren. Die Farbe eines lebenden Exemplars war *blue with pinkish white blotches, changing after death variously to purple-brown*. Das hatte sein Vater auch nicht gewusst, der hatte immer von einem dunkelblauen Fisch gesprochen. Seit 1939 waren hundertfünfzig weitere Exemplare gefangen worden. Einhundertundfünfzig! In Nummer zweiundsechzig, einem Weibchen, hatte man fünf Embryos von ungefähr dreißig Zentimetern Länge gefunden. Einige lebende Exemplare, die ein paar Tage in Gefangenschaft überlebt hatten, waren gefilmt worden, und in Anlehnung daran machte man wiederum Computersimulationen von ihrer Art zu schwimmen. Die Fische, die in Netzen gefangen wurden, lebten auf den Schiffsdecks meist noch vier bis fünf Stunden und zeigten sich dabei *aggressive, snapping viciously at nearby hands.* Gegenwärtig ging man davon aus, dass das Tier einen Elektrorezeptor besaß, vermutlich, um die elektrischen Schwingungen der im Sand verborgenen Beutetiere aufzuspüren. Diese Mitteilung traf ihn. Das hatte sein Vater damals schon vermutet.

Dem Abschnitt war ein besonderes Foto beigegeben, nicht von einem Fisch, sondern von einer Gruppe von Leuten auf dem Deck eines Schiffes: der Ichthyologe Smith und Kapitän Hunt mit seiner gesamten Mannschaft, nach dem Einholen des zweiten Quastenflossers im Jahr 1952. Geraume Zeit betrachtete er die Gesichter, vor allem das von Smith. Wie hätte wohl seine Jugend ausgesehen, wenn er als Sohn von Smith zur Welt gekommen wäre? Was die väterliche Zuwendung anging, wohl kaum anders; auch dieser Smith war ein Fanatiker gewesen, einer, der seine Seele für den Fang eines seltenen Fisches verkauft hatte und nicht mal wusste, wie alt seine eigenen Kinder waren. Aber vielleicht empfand man als Sohn mehr Genugtuung, wenn die Besessenheit etwas eingebracht hatte – Ruhm, Geld, wissenschaftliche Anerkennung? Oder gerade nicht? Wäre er ein anderer Mensch geworden, wenn sein Vater normal für seine Familie gesorgt hätte, fragte er sich plötzlich. Hätte er dann ein Studium abgeschlossen, Karriere gemacht? Wäre er dann leichtsinniger, fröhlicher und glücklicher geworden? Natürlich nicht. Wollte er jetzt mit achtundfünfzig Jahren noch seinem Vater die Schuld für all seine Misserfolge in die Schuhe schieben?

Mit einem gewissen Ingrimm machte er sich an die Arbeit. Zum ersten Mal in der Geschichte würde ein Saarloos mit einem Quastenflosser Geld verdienen. Indem er einen Text über ihn übersetzte!

Nach einer Stunde ließ die Konzentration nach. Er starrte durch das Bullauge über seinem Schreibtisch auf die Blinklichter des Sendemastes in der Ferne; Signale einer Welt, zu der er nicht mehr gehörte. Die einfach ohne ihn weitermachte. Dann riss er ein Blatt von einem Notizblock, schraubte den Füller auf und schrieb oben auf das jungfräuliche Blatt Papier:

Mein Vater suchte den Coelacanth.

Es klang wie die erste Zeile eines Gedichts oder einer Erzählung, aber er schrieb weder Gedichte noch Erzählungen. Trotzdem legte er das Blatt ganz rechts auf den Schreibtisch, dort, wo die Dinge lagen, die aufbewahrt werden mussten.

Als er ins Bett gegangen war, hinderte ihn ein unbekanntes Geräusch über seinem Kopf am Einschlafen, kaum hörbar zwar, aber immer wiederkehrend. Ein unregelmäßiges Ticken, eher ein leises Schaben, am Zinkrand des Kajütendachs, als ob ein kleiner Zweig dagegenschlüge, aber das war unmöglich. Er dachte einen Moment lang an eine Maus oder eine Ratte, aber weder das eine noch das andere Tier hatte er hier je wahrgenommen, und was hätte so ein Viech im Übrigen oben auf seinem Dach zu suchen, in einer kalten Winternacht? Weil er aber die ganze Zeit die Ohren danach spitzte, stand er schließlich auf, zog seinen

Morgenmantel an, öffnete direkt neben seinem Bett die kleine Tür zum Achterdeck und kletterte nach draußen.

Auf dem Rand des Daches, genau über der Stelle, wo er nach draußen kam, zeichnete sich ein großer dunkler Vogel gegen den blauen Nachthimmel ab. Eine Krähe. Er erschrak ein bisschen, nicht so sehr über den Vogel selbst, sondern über die Tatsache, dass er unbeweglich sitzen blieb. Die Krähe war durch die sich öffnende Tür unmittelbar unter ihr und das Auftauchen eines Menschen offenbar nicht im Geringsten beunruhigt. Sah sie nichts in der Dunkelheit?

«Was tust denn du da?», sagte er halblaut. Eine Krähe hatte er hier noch nie gesehen.

Der Vogel guckte schräg nach unten, bewegte sich aber weiter nicht. Im hohen runden Kopf funkelten zwei schwarze Knopfaugen im Nachtlicht. Der große graue Schnabel war gefährlich nahe. Von seiner Unbeweglichkeit ging etwas Drohendes aus.

Er zitterte unter seinem Morgenmantel. In der Ecke neben dem Holzverschlag lag ein Handbesen; er packte ihn und stocherte damit nach der Krähe hinauf. Die flog mit einem rauen Schrei weg und verschwand in Richtung Bäume.

Im Bett horchte er noch eine Weile, ob die Krähe zurückkäme, aber es war nichts mehr zu hören.

Nachts um drei Uhr war er wieder wach. Herr Omsof tauchte in seinen Gedanken auf, der Mann, der seine, Rubens Telefonnummer als die Nummer angegeben hatte, unter der er erreichbar wäre, aber nicht mehr als Bedrohung, eher als komische Figur.

Anschließend dachte er an das schweigsame rothaarige Mädchen von heute Nachmittag und an die Rührung, die ihn ergriffen hatte, als sie die Mütze abgenommen und ihre Haare losgewühlt hatte. Die plötzliche Nähe dieses schönen, farbenprächtigen Frauenhaars. Er war wirklich nichts mehr gewöhnt.

Eine Erinnerung stieg in ihm auf. Vor Jahren hatte er einmal einem fünf- oder sechsjährigen Neffen, der bei ihnen übernachtete, eine Erzählung vorgelesen. Der kleine Junge hatte das Buch selber mitgebracht und ihn mit Entschiedenheit zum Vorleser bestimmt. Nein, nicht Tante Ina, Onkel Ruben musste vorlesen. Er wusste sogar den Titel noch: *Joris und der Farbendieb.* Die Geschichte spielte in einem Wald, in dem nach und nach alles seine Farbe verlor. Ging man an dem einen Tag noch durch ein Feld mit rotem Klatschmohn, war am nächsten das ganze Rot aus dem Feld verschwunden und der Klatschmohn weiß geworden. Nickte das braune Eichhörnchen einen Augenblick lang auf seinem Ast ein, wachte es weiß wieder auf. Spechte, Marienkäfer, Sonnenblumen, ganze Stücke Wald... alles entfärbte sich gleichermaßen. Den Waldbewohnern wurde allmählich ängstlich und mulmig zumute. Deshalb ziehen Joris und seine Freunde miteinander los, um die Quelle des Übels zu suchen, und finden schließlich einen bösartigen Zwerg, den Farbendieb, der sich in einem hohen Turm verschanzt. Unter einem Glassturz hält dieser Unhold offenbar all die Farben gefangen. Joris wirft den Glassturz um, er bricht entzwei, alle Farben fliegen heraus, kehren an ihren angestammten Platz zurück, und die Waldbewohner sind wieder glücklich und zufrieden.

Vielleicht hatte er sich heute Nachmittag wie einer dieser Bestohlenen gefühlt. Vielleicht hatte er, als er die Haare des Mädchens sah, erst gemerkt, was seine Augen hier auf dieser grauen Insel, inmitten einer ausgedehnten schmutzig weißen Eiswüste entbehrten, wie sehr seine Sinne unterernährt waren. Wie ein Durstiger, der erst merkt, wie trocken ihm die Kehle ist, wenn ein Glas kühlen Wassers vor ihm steht. Aber man konnte es auch Altmännersentimentalität nennen.

4

SCHON SEIT DEM Morgengrauen gab es auf der Insel Spektakel: ein durchdringendes Krächzen und Kreischen, das er zuerst noch den paar Eichelhähern zuschrieb, die dort hausten, bevor er merkte, dass es von Krähen stammte. Der Vogel von heute Nacht war ersichtlich nicht allein gekommen. Er stieg in seine Hose und in die Schuhe, zog seine Jacke über das T-Shirt und ging nach draußen, um einen Eimer Wasser zu holen. Tatsächlich, ungefähr zwanzig Krähen saßen über die Bäume verteilt und schwatzten ohrenbetäubend. Wo kamen die her? Plötzlich einfach so vom Festland auf seine Insel geflogen? Krähen waren der Inbegriff des Winters; insofern konnte er dankend auf sie verzichten, aber trotzdem, ein bisschen Leben in der Bude war auch ganz schön – vorausgesetzt, dass sie nicht den ganzen Tag einen solchen Radau vollführten.

Er schöpfte einen Eimer Wasser. Eis hacken war nicht mehr nötig, das Loch, das er beim letzten Mal geschlagen hatte, war noch offen. Im Schiff angekommen, machte er das Wasser im Kochtopf heiß und rasierte sich in der Zwischenzeit sorgfältig. Dann zog er sich aus und kauerte sich zur fernöstlichen Waschung in die Duschkabine. Er zog saubere Unterwäsche an, einen sauberen Pullover und eine andere Hose und fühlte sich fit und frisch und erstaunlich munter.

Während des Morgenspaziergangs beschäftigten ihn die Krähen so sehr, dass er kaum noch auf Kaninchen achtete. Die Vögel schienen auch ihn bemerkenswert zu finden. Das Geschwätz in den Bäumen, das gerade erst aufgehört hatte, begann wieder, als ob das Krähenvolk sich gegenseitig vor dem plötzlich aufgetauchten Zweibeiner warnen wollte. Ein paar flogen auf und setzten sich woanders wieder hin, andere bewegten aufgeregt und ruckartig den Kopf, als er unter ihnen durchging, als ob sie ihn von möglichst vielen Seiten aufnehmen wollten. Manche flogen mit ihm von Baum zu Baum mit, und er hatte unterwegs allmählich den Eindruck, dass ihre Witze untereinander, ihre Zoten und Provokationen immer toller wurden; die Geräusche, die sie machten, hörten sich bisweilen verdächtig nach lautem Gelächter an. Sie waren ulkig. Es tat ihm Leid, dass er den Vogel von heute Nacht unheimlich gefunden und mit dem Besen nach ihm gestochert hatte.

Als er das Kap erreichte, flog ein Grüppchen von dem Kaninchenkadaver auf. Aber von Kadaver konnte fast nicht mehr die Rede sein, ein paar sauber gepickte Knochen, der Schwanz und ein bisschen Fell, das war alles, was noch herumlag. Hatten sie sich deswegen hier niedergelassen? Wurde ein totes Kaninchen über große Entfernungen hinweg signalisiert, und flogen sie dann alle zusammen dorthin?

Er drehte seine Runde und kam wieder beim Schiff heraus. In der Küche suchte er im Abfall nach Brotresten, Käserinden und Überbleibseln vom Abendessen – ob Krähen wohl Nasi-goreng mochten? –, krümelte noch ein paar Cracker drüber hin – er hatte noch vier Packungen davon – und fing an, diese Mischung in der Nähe des Boots auszustreuen. Solange er daneben stehen blieb, kamen die Krähen nicht angeflogen. Sie versammelten sich zwar im nächststehenden Baum und beugten sich neugierig auf den Ästen vor, aber wagten sich nicht auf den Boden. Erst als er wieder an Deck ging und sich halb hinter dem Kajütenaufbau verbarg, tauchten sie zum Futter hinunter, stolzierten aufgeregt und frech dazwischen herum, schluckten alles so schnell wie möglich herunter oder flogen mit den Brocken weg. Sie pickten einander und bekamen zum Schluss ohrenbetäubenden Streit. Als alles weggeputzt war, verteilten sie sich wieder auf den verschiedenen Ästen. Nur ein einzelner Vogel wanderte noch suchend auf dem Fleck herum, der gerade mit so viel guten Sachen übersät gewesen war.

Er ging hinein und setzte sich an seinen Schreibtisch.

Schon vor halb zwölf stand er wieder draußen. Etwas früh für den Mittagsspaziergang, aber seine Unrast war zu groß, es hielt ihn nicht länger hinter dem Computer. Das Wetter war schön, das Thermometer zeigte neun Grad an.

Einem Impuls folgend, trat er von der betonierten Mole, die den kleinen Ankerplatz umrahmte, auf das Eis und ging ein Stück weit auf das IJsselmeer hinaus; es war schon vier oder fünf Tage her, dass er das zum letzten Mal getan hatte, aber wo man noch Schlittschuh laufen konnte, musste man auch noch gehen können. Das Eis war nass und pappig. Die kleineren Buckel und Rillen waren schon abgeschmolzen, allein die gröberen übrig geblieben. Ohne Plan und Ziel entfernte er sich ungefähr hundert, hundertfünfzig Meter von seinem Schiff, nur um das Gefühl zu haben, seinen engen Kreis zu erweitern und auch mal wieder woanders hinzugehen.

Als er sich umdrehte, hob sich die *Knurrhahn* schwarz und winzig mit ihren zwei Masten gegen den grauen Hintergrund der Insel mit ihren kahlen Bäumen ab. War er schon so weit entfernt? Er betrachtete das Schiff wie ein Fremder. Was war dieser Skipper dort einsam und verlassen.

Als er umkehren wollte, fing das Eis plötzlich an zu krachen. Nein, nicht zu krachen, zu stöhnen. Gerade eben hatte man noch nichts anderes gehört als das matschige Schmatzen seiner Fußtritte, und jetzt stöhnte das Eis auf einmal. Nicht rennen, war sein erster Gedanke; man hätte auch gar nicht rennen können, ohne auf die Nase zu fallen. Ruhig gehen. Behutsam, seine Eile so gut wie möglich in einer Art Achtlosigkeit verpackend – ich gehe hier gar nicht, ich wiege auch nichts, ich bin Baron von Münchhausen, der sich an seinem eigenen Schopf über Wasser hält –, entfernte er sich von der Stelle, wo es stöhnte, in Richtung auf sein Schiff. Aber plötzlich verfinsterte sich das Eis unter seinen Füßen. Ein großer dunkler Fleck breitete sich rings um ihn aus, und er hatte den Eindruck, das stützende ächzende Eis würde von unten heraufgedrückt, als ob ein gigantischer Fisch, ein Walfisch, dort unten eingeklemmt wäre. Mit wild schlagendem Herzen ergriff er halb strauchelnd die Flucht und hatte nur ein Ziel vor Augen: möglichst schnell ans Ufer zu gelangen. Es war eine albtraumartig verzögerte Rutsch- und Gleitpartie, nur weg, weg von der Gefahr. Warum war er so dumm gewesen, sich so weit von seinem Schiff zu entfernen?

Als er sich dem Ufer näherte, ebbte die Angst ab; hier, dicht beim Boot, würde er doch nicht mehr ins Eis einbrechen? Noch zittrig kraxelte er über die betonierte Mole und fühlte sich erst wieder beruhigt, als er auf festem Boden stand. Das Eis sah aus wie immer: weiß und undurchsichtig. Eine kleine schwarze Wolke trieb von der Sonne weg. Hatte sie das Eis verdunkelt? Hatte ihn diese kleine Wolke vor der Sonne in Panik versetzt? Aber das Krachen, wo kam es her?

Leicht beschämt ging er ins Schiff.

Nachdem er seinen Platz am Schreibtisch wieder eingenommen hatte, musste er sich zwingen, nicht die ganze Zeit mit dem Fernglas den Horizont abzusuchen, nach seiner rothaarigen Kurierin, ob sie etwa schon käme. Das gelang ihm sogar. Denn als er irgendwann einmal von einer besonders eigenartig gewundenen Konstruktion des amerikanischen Ichthyologen aufsah, war die Schlittschuhläuferin in der schwarzen Jacke nur noch ein paar hundert Meter von ihm entfernt.

Ein Schrei der Überraschung entschlüpfte ihm. Er zog sich die Jacke über, stieg schnell nach draußen und erwartete sie dort.

Sie schien wieder dieselben Schwenks um die Eisbuckel zu machen wie gestern, als ob ihr die beste Möglichkeit, sein Boot zu erreichen, einprogrammiert wäre. Bei ihr krachte oder stöhnte das Eis überhaupt nicht. So abrupt wie gestern kam sie wieder zum Stehen.

«Man kann also immer noch laufen!», rief er.

«Natürlich», sagte sie und zog die Mütze vom Kopf. Die roten Locken loderten wieder auf wie Feuer, aber diesmal war er darauf vorbereitet.

«Na ja, so sicher war ich mir nicht. Das Eis kommt mir noch pappiger vor als gestern.»

Sie machte ein paar Schwünge in seine Richtung, öffnete den Reißverschluss ihrer Jacke, ein blauer Pullover wurde drunter sichtbar, und holte aus einer Innentasche eine Schachtel Zigarren heraus, die rote Schachtel mit den Coronas, die er so sehr ersehnt hatte.

«Phantastisch», sagte er. «Hat es nicht zu viel Mühe gekostet?»

«Nein», sagte sie einfach. Sie stand jetzt direkt vor der betonierten Mole und hielt ihm die Schachtel hin. Die hatte die Wärme ihres Körpers angenommen, und instinktiv schob er sie direkt in die Innentasche seiner Jacke, als ob Zigarren verfrorene Geschöpfe wären.

«Vielen Dank. Du ahnst ja nicht, was du mir damit für eine Freude machst. Das Mindeste, was ich dir als Gegenleistung anbieten kann, ist etwas Warmes zu trinken.»

Er hatte vorher überlegt, ob er ihr das vorschlagen sollte, weil er nicht wusste, ob es ein schickliches Angebot war oder nicht. Ob er das Mädchen mit dieser Einladung auf sein Schiff nicht in Verlegenheit brachte.

Aber sie sagte sofort ungezwungen: «Ja, gerne», was ihm wieder einmal deutlich machte, welche altmodischen Auffassungen er noch im Kopf hatte.

Das Eis rund ums Boot war zu nass und zu unsicher, um direkt zur Gangway zu fahren. Sie musste erst ans Ufer. Aus einer anderen Innentasche ihrer Jacke holte sie ein paar Kufenschützer aus Gummi, die sie auf die Kufen ihrer Schnelllaufschlittschuhe drückte. Sie ergriff seine ausgestreckte Hand, trat an Land und stapfte dann zur Gangway hinüber. Dort setzte sie sich hin und zog die Schlittschuhstiefel aus.

«Heiße Schokolade wäre jetzt das Richtige, leider liegt das nicht im Bereich meiner Möglichkeiten», sagte er, während er zusah, wie sie sich die Schuhe von den Füßen zog. Sie hatte blaue Wollsocken an, in derselben Farbe wie ihr Pullover. «Tee mit Rum ist aber drin.»

Er öffnete ihr die Tür zur Kajüte, und sie stieg mit den Schlittschuhstiefeln in der Hand das Treppchen des Niedergangs hinunter, als ob sie es täglich täte. Im letzten Moment lehnte sie die Stiefel draußen an den Türpfosten. Er folgte ihr und trug sie ihr hinterher.

«Nimm sie lieber mit rein, dann sind sie nachher wenigstens warm, wenn du sie anziehst.»

Während er das sagte, sah er, dass im cremefarbenen Innenleder der Schuhe ein Name eingeschrieben war, mit einer Telefonnummer darunter. Mit einem Blick hatte er die Blockschriftbuchstaben gelesen. BENTE NERWANEN stand da. Die Telefonnummer begann mit einer Vorwahl von vier Ziffern.

«Nach links.»

Sie ging in den Wohnraum. Er lehnte ihre Schlittschuhstiefel unter dem Kleiderhaken an die Wand.

Mitten im Raum blieb sie stehen und sah sich um.

Sonderbar, plötzlich Frauenbesuch zu haben; Besuch

von einer Frau, die das spärlich einfallende Licht in ihren Haaren fing und dadurch wie eine sanft schimmernde Lampe im Grau wirkte. Unwillkürlich musterte er das Bootsinnere einen Augenblick lang mit ihren Augen. Zu Hause, an seinem alten Liegeplatz, war es selten so düster. Das Schiff hatte zwar kleine Fenster, viel Licht kam nie herein, aber dort brannten immer Lämpchen und Punktstrahler, und Ina hatte die Angewohnheit, an strategisch wichtigen Punkten Blumensträuße als bunte Farbtupfer aufzustellen. Jetzt blieben die Lampen, um die Akkus zu schonen, immer aus, von Blumen konnte keine Rede sein, und alles war verstaubt und atmete Verwahrlosung aus. Nur seine Arbeitsecke, durch eine Bücherwand vom Rest des Raumes abgeteilt, war in das bläuliche Licht des Monitors gehüllt.

Er nahm Streichhölzer und zündete eine Petroleumlampe an.

«Nimm Platz. Ich setze gleich mal Wasser auf», sagte er. Er war schon halb in der Küche, als er kehrtmachte und ihr die Hand entgegenstreckte.

«Ich heiße übrigens Ruben Saarloos.»

«Saarloos», wiederholte sie seinen Namen, statt den ihren zu nennen.

«Ja. Ich habe keine *Saar*. Ein Ruben ohne Sarah. Traurig, was?»

Gott, wie geistreich er war.

Um ihren Mund erschien freilich ein Lächeln, das ihr Gesicht erhellte und einen Augenblick lang den immer anwesenden Ausdruck von Nachdenklichkeit vertrieb. Sie hatte wirklich einen schönen Mund, das musste man sagen. Nicht voll oder sinnlich, aber empfindsam und scharf abgegrenzt, von einem natürlichen Rosa, das ein Lippenstift nur verdorben hätte, und mit lauter senkrechten Kerbchen.

«Und ich hab in deinen Schlittschuhstiefeln schon gesehen, wie du heißt», platzte er heraus, ehe er sich's versah.

So ein Mist. Das hatte man davon, wenn man wochenlang alleine war. Hatte man dann endlich jemanden zum Reden, verwandelte man sich in eine dieser lästigen anhänglichen Schwatzbasen. «Bente», setzte er noch hinzu, denn nun musste er die Sache auch zu Ende bringen.

Sie schien einen Augenblick über ihren eigenen Namen nachzudenken.

«Ja», sagte sie dann.

Schöner Name, lag ihm auf der Zunge, aber das schluckte er gerade noch herunter. Er setzte Wasser auf, nahm sein Portemonnaie, um die Zigarren mit ihr abzurechnen und gleich zu signalisieren, dass er ein ordentlicher Mensch war, der nicht gern Schulden hatte.

Wenig später saßen sie sich mit ihrem Tee mit Rum gegenüber. Sie hatte die Jacke ausgezogen und neben sich gelegt. So, wie sie da saß, in einer Ecke des Sofas die Füße untergeschlagen, sah sie zart und ein bisschen ärmlich aus.

Der verwaschene blaue Pullover, den sie anhatte, war zu kurz und zu dünn für einen Norwegerpulli und franste an den Ärmeln über mageren weißen Handgelenken aus. Die Jacke aus Kunstleder sah auch nicht besonders warm aus. Zwischen den Hosenbeinen und den blauen Socken leuchtete ein Stück weißer Haut.

Sie redeten übers Schlittschuhlaufen. Sie hatte eine

Woche frei, deshalb konnte sie jeden Tag laufen, sagte sie. Aber machte das noch Spaß, bei diesem Tauwetter? Kam sie noch gut voran? Ja, natürlich. Jeder dachte, dass man da nicht mehr laufen konnte, aber es ging noch eine ganze Weile gut. Ja, aber war es nicht gefährlich? Bei diesem Wetter konnten doch Risse im Eis entstehen, oder einzelne dünne Stellen? Sie zuckte mit den Schultern. Sie kenne die Routen, sagte sie, und sie passe wirklich gut auf. Aber war es nicht langweilig, so allein? Nein, ganz im Gegenteil, es war herrlich, so allein. Immer allein? Ja, da konnte man sein Tempo selbst bestimmen.

Genau wie gestern antwortete sie immer nur auf Fragen, von sich aus sagte sie nichts. Nach einiger Zeit verstummte er und wartete ab. Das wirkte.

«Was machen Sie eigentlich den ganzen Tag?», fragte sie.

«Aufstehen, spazieren gehen, Kaninchen zählen, Krähen beobachten», sagte er. «Den Motor inspizieren, Kaffee kochen, Wetterbericht hören, wieder spazieren gehen, das Eis kontrollieren, Nasi-goreng heiß machen, eine Zigarre rauchen, schlafen. Und zwischendurch versuche ich ein bisschen zu arbeiten. Ich bin Übersetzer.»

«Oh! Was übersetzen Sie denn?»

Er schwieg einen Augenblick.

«Ich sage eigentlich automatisch ‹du› zu dir», meinte er, «weil du so jung bist. Wenn du aber die ganze Zeit ‹Sie› zu mir sagst, komm ich mir jedes Mal ein Stückchen älter vor. Ein alter, grauer, eingefrorener Sonderling. Wie eine Art Yeti.»

Sie musste lachen.

«Was übersetzt du?», fragte sie.

«Alles Mögliche.»

«Zum Beispiel?»

«Volkswirtschaft, Psychologie, Anthropologie, Politologie. Populärwissenschaftliche historische Untersuchungen, Biographien. Hauptsächlich Sachbücher. Aus dem Englischen. Alles, was niederländische Verleger ankaufen, weil es so *brisk, compelling, incredibly gripping and authoritative* ist, dass man unmöglich drauf verzichten kann. Ein Haufen *evocative, challenging, wonderfully readable and gloriously illustrated histories*.»

Saarloos, du spielst dich auf, dachte er.

«Im Augenblick sitze ich an einem amerikanischen Buch über Fische.» Er wies mit der Hand auf seinen Computer, und sie sah kurz zum blauen Bildschirmlicht hinüber. «Aber das ist eine Ausnahme. Es ist nicht mein Stil, ich bin kein Biologe. Ich kenne zu wenig Fachausdrücke, eigentlich ist es ein Irrtum.»

Sie nahm bedächtig einen kleinen Schluck Tee und sah ihn weiter unverwandt an.

Er hatte dem nicht mehr viel hinzuzufügen und schwieg eine Weile. Dann fuhr er doch fort: «Früher hab ich literarische Texte übersetzt. Philip Roth, V. S. Naipaul, sogar Nabokov …»

Warum sagte er «sogar»? Dachte er, das Mädchen kannte den Unterschied zwischen Philip Roth und Nabokov? Dass ihr diese Namen überhaupt etwas sagten? Sie konnte auch in einem Eisenwarengeschäft arbeiten.

«Aber damit habe ich Schluss gemacht.»

Sie schwieg. Immer diese peilenden Augen.

«Man schuftet jahrelang für einen Hungerlohn. Als literarischer Übersetzer kann man nicht ohne Subventionen und Stipendien über die Runden kommen. Und wenn das Buch dann erscheint, gehen die Rezensenten mit anderthalb Zeilen auf die Übersetzung ein, meist um zu melden, wie unbeholfen und ahnungslos sie ist. Der Rezensent hat immer ein ungewöhnlich feines Gefühl für das, was der Autor gemeint hat, aber der Depp von Übersetzer natürlich nicht, der schreibt einfach drauflos, er ist ja nicht so zart besaitet.»

Aufhören, dachte er. Sonst klingt es zu sehr nach beleidigter Leberwurst.

«Übrigens ist das nicht der Grund, warum ich umgesattelt habe.»

Sie hatte die Beine unter sich gezogen, das Teeglas in der Hand, und beobachtete alles still und behaglich, wie eine Katze auf dem Sofa. Sie fragte nicht, was wohl der Grund war.

«Ich entdeckte irgendwann, dass mir die Literatur verleidet war, dass mich all diese Autoren nicht mehr die Bohne interessierten; jedenfalls neunzig Prozent davon. Und die restlichen zehn Prozent stehen nicht gerade wegen mir Schlange. Es ist eigentlich viel angenehmer, mit Sachtexten umzugehen. Einfach interessante Information. Literatur ist zum größten Teil ambitionierte Nabelschau. Früher erschien mir das als das Höchste, aber offenbar kann man darüber hinauswachsen. Vielleicht ist es auch eine Form von Verarmung oder Abstumpfung, mag sein, aber ich fühle mich dabei sehr wohl.»

Meinte er das wirklich? Die Worte kamen jedenfalls verblüffend locker aus seinem Mund, und seine Meinung gefiel ihm eigentlich auch.

«Jetzt stellt sich heraus, dass du eine junge Autorin

bist, die gespannt die Reaktionen auf ihr erstes Buch erwartet», sagte er, um sie aus der Reserve zu locken.

«Nein», lächelte sie und starrte in ihr Teeglas, als ob sich dort auf dem Boden, zwischen den Blättern aus einem gerissenen Teebeutel, die Natur ihrer Tätigkeit offenbaren würde. Das Bullauge hinter ihr warf Licht auf ihre Haare, deren Farbe ihn plötzlich an Rhabarber erinnerte, an junge Rhabarberstängel im Frühjahr. Ihre Nase stand übrigens ein bisschen schief. Unmittelbar unter der Nasenwurzel machte sie einen kleinen Schwenk nach links, während die Nasenspitze wieder, wie zur ausgleichenden Gerechtigkeit, nach rechts zeigte. Es rührte ihn, ohne dass er wusste warum.

«Nein», sagte er, «du bist Psychotherapeutin. Oder lässt dich dazu ausbilden. Schweigen kannst du schon, was sehr wichtig ist. Wenn du selbst wenig sagst, redet der Patient umso mehr. Obwohl, Journalisten tun das auch oft. Bist du Journalistin? Kommt bald ein Artikel in der Zeitung über eingefrorene Skipper in den Niederlanden?»

Es klang ein bisschen aggressiv, denn er wusste nicht, was er mit dem Gefühl anfangen sollte, das sie in ihm hervorrief. Eine Art Rührung oder Zärtlichkeit für die schmale Gestalt im schäbigen Pulli, für das magere Gesicht in seiner knisternden Umrahmung von leuchtendem Rot, für das ganze stille nachdenkliche Wesen. Plötzlich fühlte er den Kater schon voraus, der ihm für den Rest des Nachmittags drohte, wenn sie gegangen wäre und er hier wieder allein mit den Krähen und Kaninchen saß.

«Ich bin medizinisch-technische Assistentin», sagte

sie. «Jedenfalls ursprünglich. Denn ich bin jetzt an der Freien Universität gelandet und sitze dort nicht mehr im Labor, sondern in der Forschung.»

«Was für Forschung?»

«Pupillometrie.»

«Aha», sagte er, denn sie verfiel wieder in Schweigen. «Pupillometrie.»

Sie stellte ihr Teeglas auf den Tisch und beugte sich ein wenig vor.

«Ein paar Neurologen erforschen den Zusammenhang zwischen Alzheimer und Pupillenerweiterung. In ein paar Jahren schon kann man Alzheimer vielleicht im Frühstadium anhand von bestimmten Pupillenreaktionen erkennen. Um die Reaktionen zu systematisieren, mache ich Untersuchungen mit Testpersonen. Mit normalen gesunden Menschen, Studenten und anderen, die etwas dazuverdienen wollen. Denn natürlich muss man erst wissen, wie der gesunde Mensch reagiert, bevor man etwas über Abweichungen sagen kann.»

Das waren mindestens zehn Sätze hintereinander.

«Was machst du bei diesen Untersuchungen?»

«Ich mache verschiedene Tests mit ihnen, während die Leute vor einem Apparat sitzen, mit dem wir ihre Augenbewegungen und Pupillenveränderungen messen können.»

Im Geist sah er sie in einem weißen Kittel hinter einem Augenmessgerät sitzen, wie Optiker sie im Geschäft haben. Ihr Gesicht war hinter einem Sehschlitz verborgen, ein Heiligenschein aus roten Haaren umgab den Apparat.

«Also Tests.»

«Ja. Kopfrechnen zum Beispiel. Und dann stellt sich heraus: Je schwieriger die Rechenaufgabe, desto größer die Pupille.»

«Ach, arme Studenten quälen! Wo doch der moderne Student ohne seinen Taschenrechner völlig verloren ist! Wie grausam.»

Wieder das Lächeln, das ihr Gesicht so unwiderstehlich machte.

«Aber es sind nicht nur Rechenaufgaben. Wir legen ihnen auch alle möglichen Bilder vor: Fotos, Zeichnungen, Reproduktionen von Gemälden. Die müssen sie nur anschauen, und wir bekommen einen Computerausdruck, auf dem steht, bei welchen Abbildungen sich ihre Pupillen erweitern, und wie sehr. Das verläuft offenbar nach einem ziemlich festen Schema. Männer, denen man erst eine Serie von Landschaften gezeigt hat, reagieren stark auf ein Foto von einer Frau in einer scharfen Bluse, jedenfalls die Heteros. Aber oft auch auf die Abbildung eines Ferrari oder auf das Foto eines berühmten Fußballers. Frauen reagieren offen gestanden am stärksten auf einen Holzhacker mit nacktem Oberkörper und auf Babys.»

«Gott, wie trivial!», sagte er, während er sich fragte, wie groß seine eigenen Pupillen in diesem Moment waren und ob sie das, als Expertin, die sie war, auch ohne Computer erkennen konnte. «Ich meine: so stereotyp! Gibt es denn niemals einen Biologen, der große Augen bekommt bei einem seltenen Pilz? Oder ein Kuchenliebhaber bei einem Windbeutel?»

«Oh, die gibt es! Neulich erst hatten wir einen Mann, der stark auf das Bild einer Schäferin auf dem Kaminsims reagierte. Es stellte sich heraus, dass er Porzellanfiguren sammelte. Solche individuellen Unterschiede gibt es immer. Aber auch bei diesen Abweichlern zieht sich, allgemein gesprochen, wieder ein stereotypes Muster durch ihre Reaktionen.»

«Du meinst, beim Porzellansammler schlägt der Zeiger doch wieder bei der Frau mit der scharfen Bluse aus?»

«Na ja», sagte sie nachdenklich, «bei diesem, glaube ich, war es eher der Holzhacker.»

Er lachte.

«Also deine Arbeit besteht darin zu registrieren, wie Menschen sich durch ihre Pupillen verraten.»

«Ja.»

«Interessant.»

Sie nickte.

«Ich wusste gar nicht, dass solche Untersuchungen existieren.»

«Nein.»

Nach ihrer Erzählung verfiel sie wieder in Schweigen.

«Und ab und zu kannst du keine Pupillen mehr sehen, und dann gehst du ein paar Nachmittage Schlittschuh laufen.»

Keine kluge Bemerkung, sah er zu spät, denn jetzt hatte sich das Gespräch gewissermaßen im Kreis gedreht, sie waren wieder da, wo sie angefangen hatten. Und tatsächlich: Als ob sie das auch genauso empfände, stellte sie die Füße auf den Fußboden und sagte, sie müsse jetzt gehen. Wollte sie nicht noch ein Glas Tee? Nein, sie hatte keine Zeit mehr, der Rückweg war ziemlich lang.

Sie zog ihre Jacke an, machte den Reißverschluss zu und trat in den Gang.

Ende der Vorstellung. Dieses Mädchen war so nett gewesen, ihm eine Schachtel Zigarren mitzubringen, sie hatte hier einen Tee getrunken, und nun ging sie wieder. Das kleine Flämmchen, das plötzlich in der Kälte seiner Eiswelt aufgeflackert war, erlosch wieder. Was hatte er denn erwartet?

Er nahm ihre Schlittschuhstiefel unter dem Kleiderhaken auf, gab sie ihr und öffnete die Kajütentür.

«Krah, krah, krah», riefen die Krähen in den Bäumen.

Sie stiegen hinaus. Wieder setzte sie sich auf die Gangway, um die Schlittschuhstiefel anzuziehen, und er sah zu, wie die blauen Söckchen in den robusten Schuhen verschwanden.

«Ich danke dir nochmal für die Zigarren», sagte er. «Du kannst dir kaum vorstellen, welche Freude du mir damit gemacht hast.»

Sie sah auf. «Soll ich dir morgen noch etwas mitbringen?»

Sein Herz sprang in die Höhe. Freude begann in ihm aufzuwallen, als wäre er ein kleiner Junge. Er war der Schüler, der Examen gemacht hat und fürchtet, dass er durchgefallen ist, aber da kommt plötzlich der Prüfer und zwinkert ihm zu.

«Du gehst offenbar davon aus, dass man morgen noch laufen kann», hielt er pro forma dagegen. «Es wird doch mit jedem Tag weicher.»

«Hmmm … schon, aber es wird noch gehen. Also, wenn du noch was möchtest …»

Es fielen ihm eine Menge Sachen ein. Frisches Brot, Milch, Joghurt, ein Kopfsalat, Sauerkraut, eine Mettwurst, natürlich Whisky, dann die Heidelbeermarmelade, die er morgens so gern auf seine Cracker schmierte, oder auch Shampoo, es war nur noch ein kleiner Rest in der Flasche. Was sollte er auswählen? Etwas Leichtes, das nicht viel Platz brauchte. Sie war so mager und offenbar nicht gewohnt, mit einem Rucksack oder Ähnlichem aufs Eis zu gehen; für sich selbst hatte sie nie etwas dabei. Sollte sie ein frisches Brot unter diese Jacke zwängen? Oder ein Pfund Sauerkraut?

Sie stand auf, rank und schlank auf ihren Schlittschuhen. Das Winterlicht ließ ihr Gesicht weiß und durchsichtig erscheinen; sie hatte ... ja, etwas Ätherisches. Aus diesem oder jenem Grund erschien ihm alles, was ihm eingefallen war, so banal und gewöhnlich. Er wollte einfach nicht zugeben, dass er sich nach einer Mettwurst sehnte oder einem Topf Marmelade.

Sie beobachtete ihn mit einem Lächeln.

«Es *muss* natürlich nicht sein.»

Schnell irgendwas sagen.

«Streichhölzer!», rief er. «Ein Päckchen mit Streichhölzern, würdest du das mitbringen?»

Sie fing an zu lachen.

«Streichhölzer? Also jetzt hast du Zigarren, aber keine Streichhölzer?»

«Ich hab noch eine Schachtel, aber es ist die letzte. Wenn ich noch länger hier ausharren muss, reichen sie mir nicht.»

«Gut», sagte sie. «Dann bringe ich Streichhölzer mit.»

Sie stelzte die Gangway hinunter und stapfte behände über das Stückchen Land.

Er ging hinter ihr her und sagte: «Schön. Toll. Dann

warte ich morgen auf dich. Übrigens nicht nur wegen der Streichhölzer.»

Aufpassen, Saarloos. Lieber nicht.

«Es kommen so wenig Bekannte vorbei», bog er die Sache ab.

Sie zog die Mütze aus einer Jackentasche, löschte ihre Locken damit und gab ihm die Hand.

«Bis morgen dann», sagte sie und trat vom Betonrand aufs Eis, nahm die Kufenschützer ab und fuhr weg, während sie sich die Handschuhe überzog. Elegant umfuhr sie trotz ihrer schmalen Schnelllaufkufen alle Unebenheiten.

Er sah ihr nach, bereit zu winken, falls sie sich noch einmal umdrehte, aber das tat sie nicht.

«Krah, krah», klang es hinter ihm.

Bente Nerwanen wurde eine dünne schwarze Silhouette am Horizont.

«Krah ...», riefen die Krähen, schwarz auf weißem Eis.

Eine Zeitung, verdammt nochmal! Was hatte er denn in den letzten Tagen so vermisst, vor allem, seit das Radio nicht mehr richtig funktionierte? Eine Zeitung! Und worum bat er? Um Streichhölzer! Was steckte man bequem und problemlos unter die Jacke und konnte sich damit auch noch gegen Wind und Kälte schützen? Eben, eine Zeitung.

Er schüttelte den Kopf über so viel Schusseligkeit und begann, geeignete Wurfsteinchen zu suchen. Als er wieder hochsah zu dem Punkt, an dem Bente ungefähr sein musste, war nichts mehr von ihr zu erkennen – so wie man ein Schiff auf hoher See oder einen fernen Stern am Nachthimmel auf einmal nicht mehr sieht, wenn man den

Blick zwischendurch auf etwas anderes gerichtet hat. Er ließ die Steinchen übers Eis flitzen. Sofort schwärmten Krähen aus den Bäumen auf und flogen neugierige Kreise über den Stellen, wo das Wasser um die Steine herum aufspritzte. Es amüsierte ihn, aber er hörte schnell damit auf. Ungeheure Tatkraft durchströmte seine Glieder.

Er sprang auf die Gangway, lief zum Achterdeck, holte Beil und Säge aus dem Werkzeugverschlag hervor und ging damit zu der Stelle, wo der tote Baum auf der Insel stand. Erst sägte er so viele Äste ab, wie er konnte, dann fällte er den ganzen Baum, was leicht ging, denn das Holz war sehr trocken. Dann verarbeitete er die Äste und einen Teil des Stamms zu tragbaren Stücken, die er zum Boot hinüberschleppte. Er stellte den Sägebock auf und fing an, die Stammteile in ofengerechte Blöcke zu zersägen. Damit war er über anderthalb Stunden beschäftigt. Es wurde schon dunkel, als er mit zittrigen Armen verschwitzt und zufrieden ins Schiff ging.

In der Küche schenkte er sich ein Glas Schnaps ein, setzte sich damit an den Tisch und starrte eine Weile vor sich hin. Dann ging er zum Bücherregal, holte einen Bildband mit Landschaften und ein Buch mit Picassos erotischen Zeichnungen aus der naturalistischen Phase heraus, hängte den Spiegel neben dem Kleiderhaken von der Wand ab und ging mit diesen Gegenständen zum Küchentisch zurück. Er legte die beiden Bücher nebeneinander, hielt den Spiegel griffbereit, betrachtete aufmerksam erst einige Abbildungen im Landschaftsbuch und danach seine Augen im Spiegel. Dann schaltete er auf Picasso um, besah sich eine seiner pikanten Zeichnungen, hielt sich daraufhin wieder den Spiegel vors Gesicht. Die

Pupillen zeigten keine Veränderung. Er wiederholte es ein paar Mal: Landschaft, weiblicher Akt, Landschaft, kopulierendes Paar … Aber er konnte keine nennenswerten Unterschiede entdecken. Funktionierte es bei ihm nicht? Konnte man es bei braunen Augen schlecht sehen? Zog sich die Pupille in dem Moment, da er in den Spiegel schaute, schon wieder zusammen?

Während er damit beschäftigt war, rief Ina an.

«Hi, Robinson, wie geht's?», fragte sie.

«Ich bin total erledigt», sagte er, «grade hab ich fast den ganzen toten Baum zersägt. Der Holzverschlag ist rappelvoll!»

«Hat's dich plötzlich gepackt? Und dein Rückenweh?»

«Bisher nicht, aber das kommt morgen.»

«Trotzdem gut, dass du es gemacht hast. Dann hat uns dieses Abenteuer wenigstens einen ordentlichen Holzvorrat beschert.»

Sie erzählte das Neueste und fragte dann: «Hast du den Wetterbericht um vier Uhr gehört? Es wird jetzt so warm, meiner Ansicht nach kannst du am nächsten Wochenende zu Hause sein.»

«Ich hab aber heute Nachmittag noch einen Eisläufer gesehen», sagte er.

«Einen Eisläufer? Das kann nicht sein!»

«Ich hab ihn gesehen, das versichere ich dir!»

«Aber Liebling, letzten Sonntag bin ich mit Mary über den Randdeich gefahren. Schon damals war kein Mensch mehr auf dem Eis. Viel zu nass!»

«Von der anderen Seite her geht es vielleicht noch.»

«Wieso? Herrscht dort ein anderes Klima?»

«Du unterstellst mir also Halluzinationen.»

«Nein», sagte Ina schnell, «das tu ich nicht. Du hast natürlich irgendetwas gesehen. Ach, es ist ja nicht so wichtig. Das Eis schmilzt jedenfalls wie verrückt. Du wirst sehen, wie schnell das geht.»

«Hmm. Ja.»

Ina lachte.

«Es klingt ja, als ob du auf einmal nicht mehr wolltest.»

«Doch, natürlich, klar.»

«Ist sonst noch was passiert?»

«Ja», sagte er. «Hier sind plötzlich viele Krähen.»

Und er erging sich ausführlich über das Benehmen und die Fresssucht dieser Vögel.

Nach dem Abendessen sammelte er alle Streichholzschachteln ein, die im Boot herumlagen, und warf sie, bis auf eine, in ein Küchenschränkchen hinter einen Stapel mit Backformen. Dann setzte er sich an seinen Schreibtisch, zündete sich eine Corona Naturel Spezial an und schaute genüsslich am Monitor vorbei auf die blinkernden Lichter des fernen Sendemastes. Er fühlte sich selten behaglich. Was bin ich doch für ein schlichtes Gemüt, dachte er. Warum ist das Leben nun so angenehm? Erstens wegen dieser hervorragenden Zigarre, wovon noch acht weitere in der Schachtel liegen, und zweitens, weil ich etwas habe, worauf ich mich freuen kann. Die unübersehbare Monotonie der Tage ist durchbrochen. Ich habe Besuch gehabt, und morgen kriege ich wieder welchen. Der Mensch ist ein soziales Wesen, auch der, der von sich glaubt, dass er es nicht wäre. So einfach ist das. Sollte ich jemals steinalt werden und Ina überleben, was Gott verhüten möge, dann wird man sehen, wie ich vom wöchentlichen Besuch der Gemeindeschwester aufblühe.

Diese Theorie erklärte allerdings nicht, warum er kurz darauf eine Erektion bekam. Das passierte ihm nicht so häufig, und sicher nicht in den letzten Wochen. Lag bestimmt an Picasso. Er fing an, die Telefonbücher, die er an Bord hatte, nach dem Namen Nerwanen abzusuchen, aber er konnte ihn nirgends finden, in ganz Nordholland nicht. Auch bei der Auskunft konnte man ihm nicht weiterhelfen, weil er keine Adresse wusste. Schließlich ging er in den Flur und betrachtete sein altes Gesicht im Spiegel.

«Du bist ein Idiot», sagte er laut zu sich selbst. «Das steht fest, aber es gibt mildernde Umstände. Darf ein Kerl, der auf einer Mist-Insel wie dieser gefangen sitzt, sich nicht in Gottes Namen über den Besuch einer schönen jungen Frau freuen?»

Noch einige Male tauchte das Mädchen mit dem rhabarberfarbenen Haar plötzlich zwischen den Äschen und dem tückischen Dornhai auf. Aber nachts, als er schlief, strickte sein Unterbewusstsein munter an einem ganz anderen Thema weiter, von dem er dachte, er habe seit mindestens vierzig Jahren damit abgeschlossen. Offenbar ging es aber seinen eigenen Weg und sah in diesen Wochen der Isolation und des Wartens die Chance, wieder aufzutauchen und sein nächtliches Gehirn zu beherrschen, unerwarteter Frauenbesuch hin oder her.

Er stand auf dem Vordeck einer Prau, die langsam einen breiten Strom flussaufwärts fuhr. Links und rechts

Urwald, Lianen hingen von den Bäumen ins Wasser, manchmal erhaschte man einen Blick auf bunte zwitschernde Vögel. Er hatte einen hellblauen Anzug an, mit rosa Oberhemd und glänzender Krawatte, und sein Haar war mit Pomade straff nach hinten gekämmt, denn es war Sonntag, und er war unterwegs zur Kirche. Hinter ihm sangen die Paddler ein eintöniges Lied.

Auf einmal sah er neben der Prau einen blaumetallischen Schein unter Wasser, der immer mehr die Form eines auftauchenden Torpedoboots annahm und den er plötzlich, in einem niederschmetternden Bewusstseinsblitz, erkannte. Heiser und unartikuliert begann er den Paddlern etwas zuzuschreien, aber die schienen nichts zu hören und sangen und paddelten im gleichen Rhythmus weiter. Das torpedoartige Wesen schwamm nun schräg vor dem Boot her. In einer Aufwallung raffte er einen wirren Netzhaufen vom Boden der Prau, umklammerte mit der Linken krampfhaft irgendeinen Teil davon und warf mit der Rechten den Rest so weit und kräftig wie möglich in Richtung Riesenfisch – sich dabei verzweifelt der Tatsache bewusst, dass dies nicht die richtige Art war, einen Coelacanth zu fangen, aber *irgendetwas* musste er doch tun. Wie durch ein Wunder fächerte sich das Netz aber genau über dem Fisch aus und sank so ins Wasser hinunter, dass sich das Tier darin verfing, sich sogar hilfsbereit noch ein paar Mal um seine eigene Achse drehte und sich eng darin verstrickte, bis es totenstill liegen blieb. Vor Aufregung zitternd fing er nun an, das Netz langsam zu sich herzuziehen; obwohl es eine so schwere Last war, gelang es ihm, das übermannsgroße Ding längszuholen und an der Prau festzumachen. Willenlos ließ sich der kolossale Fisch jetzt durchs Wasser schleppen. Die Paddler sangen unbeirrbar weiter und sahen nichts.

Aber jetzt musste das Tier noch eingeholt werden, und dabei würde ihm keiner helfen. Ohne sich zu besinnen – denn das Netz konnte reißen, der Fisch ihm doch noch durch die Lappen gehen –, sprang er in seinem Sonntagsanzug ins Wasser. Mit der Prau mitschwimmend, versuchte er, mit einer übermenschlichen Kraftanstrengung das bleischwere Bündel so hoch zu stemmen, dass er es über den Rand des Bootes kippen konnte. Es misslang ein paar Mal; der Fisch fiel auf ihn und drückte ihn unter Wasser, sodass er fast ertrank, aber an einem gewissen Punkt – streckten sich nun an Bord doch helfende Hände aus? – krachte der Fischleib auf das Deck, und er konnte sich mit bebenden Muskeln am Rand der Prau hochziehen. Es folgte ein Augenblick untätigen Glücks, während er erschöpft im nassen Anzug neben seiner Beute lag.

Danach ging er daran, das Netz von dem Fisch abzurollen. Das nahm und nahm kein Ende, denn der Leib war in Dutzende von Netzschichten eingehüllt, aber je mehr er aufrollte, desto dünner wurde das torpedoförmige Wesen, bis es die Umrisse eines menschlichen Körpers annahm. Totenbleiche Haut schimmerte durch die schwarzen Maschen. Eine schreckliche Beklemmung nahm ihm den Atem.

5

SCHON IM AUGENBLICK des Aufwachens hatte er Krächzen und undeutliches Scharren an Deck gehört, und als er, vom Muskelkater krumm gezogen, die Kajütentür öffnete, um sich einen Eimer Waschwasser zu schöpfen, flogen fünf, sechs Krähen kreischend vom Deck auf und in einen Baum. Mitten auf dem Deck lag ein breiter Aluminiumring: der Ersatzabschlussring des neuen Kaminrohrs auf dem Kajütendach. Eigentlich sollte er in einer Nische zwischen Kajütenwand und Holzverschlag liegen, in dieser Art Rumpelkammer, wo er verschiedene Eisenteile aufbewahrte, die ihm nochmal nützlich sein konnten. Die Krähen mussten das Aluminium im ersten Morgenlicht blinken gesehen und den Ring durch Hacken und Stoßen zum Rollen gebracht haben. Er legte ihn auf seinen Platz zurück, schöpfte einen Eimer Wasser und sah zum Baum hinüber, in den sich die Krähen zurückgezogen hatten. Eine Reihe von schwarzen Köpfen mit scharfen glänzenden Augen verfolgte ihn.

«Ha, ha, ha …»

Mit dem Eimer Wasser ging er wieder in den Gang und hatte plötzlich eine Idee. Er hakte den Spiegel, der dort hing, los, ging damit nach draußen und lehnte ihn gegen die Seitenwand des Holzverschlags, so, dass er viel Licht fing. Ein Experiment.

Während das Waschwasser im Kochtopf warm wurde, stand er in der Unterhose am Fenster und starrte nach draußen, aber die Krähen kamen nicht wieder an Deck zurück. Ihr Krächzen klang sogar weiter entfernt, als ob sie, von der menschlichen Einmischung in ihre Spiele gestört, sich geschlossen vom Boot und dem provozierenden Spiegel abgewandt hätten.

Er drehte das Radio an, um Nachrichten und Wetterbericht zu hören. Es konnte an die zehn Grad warm werden, fing er durch das Rauschen hindurch auf, mit Gewitterneigung am späten Nachmittag.

Nach der fernöstlichen Waschung zog er sich an, versammelte ein paar Essensreste und Käsestückchen auf einem Teller, ging wieder nach draußen und verstreute das Futter auf dem Ufer. Die in den Bäumen sitzenden Krähen bekamen das sofort mit, aber solange er in der Nähe blieb, flogen sie nur auf den nächststehenden Baum und spähten von dort aufgeregt und flügelschlagend auf die Leckerbissen hinunter. Sobald er sich zu seinem Morgenspaziergang entfernte, ließen sie sich mit viel Gekreisch am Ufer nieder und schnappten sich gegenseitig die Brocken vor dem Schnabel weg.

Neun Uhr und schon sechs Grad, hatte er gerade auf dem Thermometer gesehen. Die Sonne war noch etwas wässrig, hatte aber offenbar viel vor. Der Sendemast in der Ferne zeichnete sich klar ab, die Eisfläche glänzte im

Licht, und die ganze Insel sah so unschuldig und harmlos aus. Zwei Kaninchen knabberten Rinde von einem Baum und hoppelten, kaum beunruhigt, ein Stückchen weiter, als er vorbeikam. Er war noch immer – trotz des Muskelkaters, der übrigens beim Laufen besser wurde – in bester Laune und fröhlicher Erwartungsstimmung. Auf einmal war er wieder der Junge von zwölf.

Es hatte Schultage gegeben, die einfach nicht kaputtzukriegen waren: immer, wenn er wusste, dass Mady zu Hause war, wenn er heimkam. Die grässlichsten Bruchrechnungen oder ein Lehrer, der ihn lächerlich machte, oder Freunde, die sich gegen ihn verbündeten – all das konnte ihm an einem solchen Tag nichts anhaben.

Mady war die fünfzehn Jahre jüngere Schwester seiner Mutter. Als er noch kurze Hosen trug, war sie ein Backfisch gewesen, wie man damals sagte, und sogar seine förmliche Mutter fand es überflüssig, dass er Tante zu ihr sagte. «Tante Mady» war ebenso absurd wie «Tante Alice im Wunderland». Wenn Mady zu Besuch kam, war das Haus auf einmal hell und fröhlich, als hätte man die Jalousien vor den Fenstern hochgezogen. Dann lagen plötzlich Tücher und Haarbänder auf den Stühlen herum, wurde Boogie-Woogie auf dem für Bach reservierten Klavier gehämmert, dann konnte man seine ängstliche verdruckste Schwester plötzlich laut auflachen hören und schien sogar seine Mutter zu Frivolitäten geneigt wie: nach dem Essen ihre Namen mit Himbeersauce auf das Vanilledessert zu schreiben. Erst als Student hatte er gemerkt, dass Mady seine erste Liebe gewesen war. Da war sie schon tot. Während eines Sommerurlaubs in der Türkei von einem Dach gefallen.

Heute hatte der Tag eine ähnliche Färbung. Keine unendliche Langeweile mehr, mechanisch zerhackt von seinen öden Spaziergängen, zähen Übersetzungsstunden, Mahlzeiten, dem ersten Genever und dem letzten Genever, nein, dies war ein Tag mit einem Versprechen. Ein Tag, an dem ein schweigsames rothaariges Mädchen ihm eine Schachtel Streichhölzer bringen würde. Weswegen er bereit war, sich den ganzen Vormittag in disziplinierter Weise dem ichthyologischen Geschwafel zuzuwenden und mindestens vier Absätze durchzuarbeiten. Froh zu sein bedurfte es eben wenig, und heute war ein einsames Männerherz König.

Nachdem er das Kap umrundet hatte, ging er auf der anderen Seite der Insel entlang, die nur auf Himmel und Eis ausblickte und der Pupille im menschlichen Auge nichts, aber auch nicht einen einzigen Reiz zur Erweiterung bot. Man konnte nicht einmal genau sehen, wo das IJsselmeer aufhörte und der Himmel anfing. Schon möglich, dass diese Reizlosigkeit zu geistiger Versumpfung und Melancholie führte, dass der menschliche Geist Farbe, Blumen und Bewegung in der Außenwelt brauchte, um lebendig zu bleiben, und dass der Mangel daran ihn in den letzten Wochen so dumpf und stumpf gemacht hatte. Sahen die Neurologen nicht eine Beziehung zwischen Pupillenerweiterung und Alzheimer? Vielleicht gab es den umgekehrten Effekt dann auch: Bekam das Auge keine Reize mehr, fiel das Gehirn langsam in Schlaf.

Er machte ein paar Schritte aufs Eis hinaus. Es fühlte sich sumpfiger an als gestern, was ihn beunruhigte. Konnte man noch Schlittschuh laufen?

Nachdem er das abgeflachte Ende mit dem niedrigen

Unterholz gequert hatte, konnte er das Schiff wieder sehen. Ein Dutzend Krähen saß auf dem Rand des Kajütendachs, und als er näher kam, schienen sich noch mehr Vögel mit dem Spiegel auf dem Vorderdeck gewaltig zu amüsieren.

Er blieb ein Weilchen stehen und versuchte dann, sich so langsam und unauffällig wie möglich zu nähern. Manche Krähen griffen den Spiegel im Sturzflug an, andere spazierten drum herum, als wollten sie die Eindringlinge, die sich hinter dem Spiegel verschanzten, auf frischer Tat erwischen, aber ein paar – die schlausten? – standen wirklich vor dem Spiegel, plusterten kokett ihre Federn, drehten den Kopf nach allen Seiten, hüpften in die Höhe und pickten mit dem Schnabel nach dem ihres Spiegelbildes. Sobald Ruben eine kritische Grenze überschritten hatte, flog plötzlich die ganze Gesellschaft mit warnendem Gekreische vom Dach auf, worauf auch die auf dem Deck folgten und alle sich in die nächstgelegenen Bäume flüchteten. Nur drei der frechsten konnten nicht genug bekommen und paradierten weiterhin vor dem Spiegel hin und her. Erst im allerletzten Moment, als er schon die Gangway hinaufging, flogen sie weg. Wieder keine Krähensuppe.

Auch viel versprechende Tage können sich hinziehen. Dennoch arbeitete er eine Zeit lang intensiv und sah kaum auf das Eis hinaus. Er übersetzte drei Abschnitte, über *Vimba vimba, Blicca bjoerkna* und den *Chondrostoma nasus,* und ließ sich nur ab und zu dazu hinreißen, die Krähen aus dem Küchenfenster zu beobachten. Ihr Krächzen und Lachen und das Trippeln ihrer Füße auf dem Zinkdachrand der Kajüte waren die ganze Zeit in der Stille der Insel draußen zu hören. Wenn er nachsah, war es immer dasselbe Bild. Eine kleine Gesellschaft Krähen spazierte vor dem Spiegel auf und ab, mit stolzgeschwellter Brust und gesträubten Kopffedern, und die anderen saßen auf der Reling oder auf dem Dachrand und schauten zu. Ob es immer dieselben Vögel waren, die sich da im Spiegel betrachteten, die notorischen Narzissten der Gruppe, oder ob eine Rangfolge beachtet wurde, wobei die Rangniederen immer noch darauf warteten, das Wunder endlich aus der Nähe zu bestaunen, war nicht ganz klar. Die einzige Krähe, die ein ungeübtes Auge von den andern unterscheiden konnte, war eine mit einer grauweißen Schwungfeder im linken Flügel, und sie war noch nie vor dem Spiegel zu sehen gewesen, sondern immer nur irgendwo hinten auf dem Deck.

Um zwölf Uhr zerstörte er die Idylle, indem er nach draußen ging. Schimpfend flog der Schwarm auf. Er ging nicht spazieren, weil er nicht ausgerechnet dann auf der andern Inselseite sein wollte, wenn Bente unter Umständen früher hier ankam als gestern, und so trödelte er nur zehn Minuten um das Boot herum.

Als er wieder hineingehen wollte, passierte ihm etwas Merkwürdiges. Er hatte die Türklinke schon in der Hand und warf noch einen Blick in den Spiegel an Deck. Darin sah er eine große, reglos sitzende Krähe, den Schnabel voller Blut, als ob sie gerade in einer frischen Beute herumgepickt hätte. Er erschrak und suchte mit den Augen den Teil des Decks ab, den der Spiegel wiedergab, aber da war keine Krähe zu sehen, und als er wieder in den Spiegel blickte, war die Krähe daraus verschwunden. Er suchte alle Stellen ab, wo sich ein Vogel unter Umständen verstecken konnte, aber das waren nicht sehr viele. Es gab keine Krähe an Bord. Er kam zu dem Schluss, dass es wohl Einbildung gewesen sein musste – er hatte das Bild ja auch nur im Bruchteil einer Sekunde gesehen –, und ging wieder hinein. Eine Dreiviertelstunde lang arbeitete er konzentriert am vierten Absatz, den er sich für heute vorgenommen hatte.

Um eins knipste er ein Wandlämpchen im Wohnzimmer an, entzündete ein Teelicht auf dem Tisch und ging plötzlich mitten am Tag ins Bad, um sich die Zähne zu putzen. Danach setzte er sich wieder an den Schreibtisch und schaute abwechselnd auf den Bildschirm und durch das Fernglas an den Horizont, in gespannter Erwartung des Augenblicks, da sich aus all dem weißlichen Grau ein dunkles Streifchen lösen würde.

«Ich hab dich gar nicht kommen sehen», sagte er und reichte ihr die Hand, damit sie an Land gehen konnte. «Erst, als du praktisch schon hier warst.»

«Ja, ich bin heute von der anderen Seite gekommen», sagte sie mit einer vagen Handbewegung Richtung Kap, «weil ich dachte, das Eis sei dort besser. Aber es ist eigentlich gleich.»

«Trägt es denn noch? Wird es nicht langsam gefährlich?»

«Aber nein», sagte sie, «es geht noch ganz gut.»

Genau wie gestern zog sie, auf der Gangway sitzend, ihre Schlittschuhstiefel aus, nahm sie mit ins Schiff und legte sie unter dem Kleiderhaken auf den Boden. Sie hängte auch ihre Jacke auf, nachdem sie ein viereckiges

Päckchen daraus entnommen hatte. Die Streichhölzer. Schwedische Schwalbenzündhölzer. *Säkerhets tändstickor,* acht kleine Schachteln.

«Vielen Dank», sagte er. «Wie viel bekommst du von mir?»

Sie lachte. «Gestatte, dass ich sie dir schenke. Ich hab sie ja nicht gekauft, nur von zu Hause mitgenommen.»

«Aber dann wage ich nicht mehr, dich um etwas zu bitten.»

«Das wird schon nicht so schlimm sein.»

«Schön», sagte er, «ich nehme sie an als das Feuer, das du mir bringst, um das Eis zu bekämpfen.»

«In diesem Fall hätte ich besser einen Flammenwerfer mitgebracht!»

Die Flammen wirfst du schon selbst, dachte er, dein Haar zündet hier alles an.

«Jedenfalls bekommst du einen Extraschuss Rum in den Tee.»

«Aber ich muss doch noch fahren!»

Er lachte und ging in die Küche, um Wasser aufzusetzen. Das Gespräch gefiel ihm. Sie schien fröhlicher und gesprächiger als gestern. Sie machte Witzchen. Es war, als ob sie sich schon viel länger als nur zwei Tage kannten.

Als er wieder in den Wohnraum ging, stand sie auf Strümpfen vor dem Ofen und wärmte sich die Hände; sie schauderte wie jemand, der erst nachdem er in die Wärme gekommen ist, merkt, wie unfreundlich es draußen war. Auch diesmal trug sie wieder ziemlich schäbige Kleidung: abgewetzte Jeans, eine verfilzte graue Wolljacke mit eingestrickten Pinguinen – sie sah aus wie ein Kinderjäckchen –, und im Halsausschnitt war der Rand eines blauen T-Shirts zu sehen. So, wie sie dastand, zerbrechlich, fröstelnd, bleich, die mageren Hände wie eine Schüssel an den Ofen haltend, rief sie plötzlich in ihm das Verlangen hervor, sich hinter sie zu stellen, die Arme um sie zu schlingen, ihren Rücken mit seiner Brust zu wärmen und ihre Hände zu fassen und zu reiben, bis sie glühten.

«Für eine Schlittschuhtour bist du ziemlich dünn angezogen», sagte er.

«Man muss gar nicht so viel anhaben», meinte sie. «Die Bewegung hält warm.»

«Jetzt ist dir aber doch ziemlich kalt, scheint mir.»

Er ging wieder in die Küche, kochte Tee, stellte alles, was er brauchte, auf ein Tablett und trug es in den Wohnraum. Sie hatte sich mittlerweile vom Ofen entfernt und stand neben seinem Schreibtisch. Er stellte die Teegläser, den Zucker und die Rumflasche auf den Tisch.

«Mein Vater suchte den Coelacanth», sagte sie.

Überrascht sah er sich um.

Sie kam auf ihn zu.

«Ja, ich weiß, das ist frech von mir, aber es steht da auf einem Blatt Papier. Es fiel mir in die Augen. Ich finde es einen schönen Satz.»

«Weißt du, was ein Coelacanth ist?»

«Nein.» Sie setzte sich. «Gerade deshalb ist es so schön.»

«Das ist ein Fisch, von dem man jahrelang angenommen hat, dass er vor achtzig Millionen Jahren ausgestorben wäre, der aber, wie sich herausstellte, vor fünfzig

Jahren noch munter in der Straße von Mosambik herumschwamm.»

«Oh.»

Er schenkte den Tee ein.

«Und mein Vater suchte ihn tatsächlich.»

Sie zog die Beine wieder unter sich, genau wie gestern, richtete sich behaglich in einer Ecke des Sofas ein und sah ihn abwartend an.

«Ich weiß nicht, warum ich das aufgeschrieben habe», sagte er ziemlich unwillig. «Es war … einfach so.»

Sie schwieg.

«Genügt das?», fragte er, als er ihr den Rum einschenkte. «Oder noch ein bisschen mehr?»

Sie schüttelte den Kopf.

Es wurde still. Es gab eine Menge Dinge, die er gern erfahren hätte. Wie alt sie war, wo sie wohnte, ob sie verheiratet war oder einen Freund hatte; es fielen ihm aber nicht so schnell die passenden, nicht aufdringlichen Formulierungen ein.

«Und, hat er ihn gefunden?», fragte sie.

«Nein.»

Sie lächelte, nahm ihr Glas Tee vom Tisch, lehnte sich damit zurück und schwieg wieder weiter. Der Vorrat an Witzchen, den sie mitgebracht hatte, schien aufgebraucht.

«Mein Vater», sagte er, «war eine Art Käpten Ahab; du weißt schon, von Moby Dick. Er jagte sein halbes Leben lang einem Fisch hinterher, aber nicht etwa einem weißen Wal, der wenigstens ab und zu nochmal auftauchte, sondern einem, der sich niemals blicken ließ, einem lebenden Fossil.»

Er unterbrach sich. Was sollte dieses Mädchen, Pupillometristin an der Freien Universität, die ihren Eislauf eben für ein Glas Tee hier auf dem Boot unterbrach, mit seinen Familiengeschichten? Er suchte nach einem anderen Gesprächsthema, aber es fiel ihm nichts Geeignetes ein, und in ihren Augen stand schon wieder der Ausdruck, den er gestern auch wahrgenommen hatte – eine Mischung aus Verträumtheit und Konzentration.

«Er war Meeresbiologe und in den dreißiger Jahren, als er gerade fertig studiert hatte, angestellt, um wissenschaftliche Untersuchungen auf einem Marineschiff zu machen. Nicht *auf* dem Schiff natürlich, sondern in den Gewässern, in denen das Schiff fuhr …»

Im Krieg ging es mit der Karriere seines Vaters bergab. Er war größtenteils arbeitslos und verlegte sich auf die Paläontologie, ein Gebiet, das ihn schon immer stark interessiert hatte – Ruben wuchs auf in einem Haus voller Fossilien, Knochen und Muscheln –, ein Interesse, das durch ein Ereignis im Jahr 1938 noch weiter angeheizt worden war. An der südafrikanischen Ostküste wurde damals ein Quastenflosser gefangen, ein Fisch, von dem man annahm, dass er bereits in der Kreidezeit ausgestorben wäre, und den man als Urahn der heutigen Amphibien betrachtete, weil er statt Flossen so etwas wie kleine Pfötchen hatte, mit denen er sich auf dem Meeresboden aufstützen konnte.

Dieser Fisch fing an, seines Vaters Leben zu bestimmen. Dieselben Phantasien, denen nach dem Krieg so viele Filme und Bücher über unentdeckte Gebiete, in denen noch Dinosaurier lebten, entsprangen – es war das

Verlangen, dem technologischen zwanzigsten Jahrhundert den Rücken zu kehren und auf Zeitreise gehen zu können, um all das Monströse und Märchenhafte, wovon nur noch uralte Versteinerungen und Knochenreste zeugten, mit eigenen Augen zu sehen, um Farben, Gerüche, Zauber und Schrecken dieser Welt am eigenen Leib erfahren zu können – dasselbe pubertäre Verlangen musste seinen Vater dazu gebracht haben, alles, was er hatte, aufzugeben, um entlang der afrikanischen Küste einem Phantomfisch hinterherzujagen. Es war nicht einmal der Wunsch nach wissenschaftlicher Unsterblichkeit; das Tier würde seinen Namen nicht tragen, denn es hatte schon einen: *Coelacanthus latimeria chalumnae,* nach seiner Entdeckerin Marjorie Latimer. Offenbar reichte das Verlangen, selber so ein lebendes Fossil zu besitzen, schon aus.

Nach dem Krieg konnte die Marine dem Wunsch seines Vaters, die südafrikanische Küste intensiv zu befahren, natürlich nicht nachkommen, weshalb er seine Entlassung einreichte und das Universitätsinstitut für Taxonomische Zoologie so lange verrückt machte, bis es ein Forschungsprojekt mit dem Ziel, einen Quastenflosser zu fangen, finanzierte. 1947 reiste er nach Durban ab, ließ sich aber schon ein Jahr später auf Madagaskar nieder, weil er die Theorie entwickelte, der in Südafrika gefangene Coelacanth müsse ein verirrtes Tier gewesen sein, das von einer starken Strömung entlang der afrikanischen Ostküste mitgeführt worden sei, das aber sein eigentliches Revier in der Straße von Mosambik habe. Ein paar Jahre später zog er nach Dar es Salaam um, wieder ein großes Stück weiter nördlich, von wo aus er auch die Komoren erreichen konnte. Bereits in Madagaskar war der holländische Geldhahn zugedreht worden, denn so verrückt war das Institut dann auch wieder nicht, und andere Geldgeber waren nicht aufzutreiben. Nur mit eigenen Mitteln – und die waren sehr beschränkt – setzte er die Suche fort. Er fuhr auf jedem kleinen Fischerboot mit, das ihn an Bord ließ, hatte keinen festen Wohnsitz und keine Bleibe mehr und wurde zum Sonderling. Geld, um nach Hause in die Niederlande zu fahren, hatte er nicht.

Übrigens war er nicht der einzige Verrückte, der einem Quastenflosser hinterherjagte. Sein großer Rivale, den er fürchtete und verabscheute, obwohl er ihn persönlich nie getroffen hatte, war der Engländer J. L. B. Smith. Dieser in Südafrika wohnende Ichthyologe war in jeder Hinsicht im Vorteil: Er hatte den 1938 gefundenen Fisch wissenschaftlich beschrieben, er hatte Geld und, wie man es heute nennen würde, ein südafrikanisches Netzwerk; und er hatte in den Fischerdörfern entlang der ganzen ostafrikanischen Küste Flugblätter verteilen lassen mit der Abbildung eines Coelacanth darauf und der Verheißung eines Finderlohns für jeden, der ihm einen bringen würde. In den Briefen, die sein Vater immer seltener nach Hause schickte, machte er manchmal Bemerkungen über «diesen arroganten Kerl, der glaubt, er habe den Fisch schon fix und fertig ausgestopft auf dem Kaminsims stehen» oder über «diejenigen, die nur auf Weltruhm unter Kollegen erpicht sind, aber kein echtes wissenschaftliches Interesse haben».

Seine Mutter, faktisch mit zwei Kleinkindern im Stich gelassen, fing, als von keiner Seite mehr Einkünfte kamen, am reformierten Gymnasium ihrer Provinzstadt zu unterrichten an. Und ob es nun durch die konfessionelle Schule kam oder dadurch, dass sie in ihrer Einsamkeit und Verbitterung Trost suchte – sie wurde übertrieben fromm, als wolle sie seinem Vater zeigen, was eine «echte» Sinngebung im Leben war. Psalmen und Bach, hochgeschlossene Blusen, Nüchternheit und Strenge. Als Ruben ungefähr zehn Jahre alt war, hatte er einmal gehört, wie sie zu einer Tante sagte: «Im Krieg war ich ihm nützlich. Jetzt braucht er mich nicht mehr.» Damit spielte sie darauf an, dass sein Vater Halbjude war, was ihn im Krieg hätte gefährden können, wäre er nicht mit einer nichtjüdischen Frau verheiratet gewesen.

Zweimal hatte er seinen Vater noch gesehen. Einmal 1948, als die Universität ihm die Schiffspassage noch bezahlte, und das letzte Mal im Jahr 1951, als die ganze Familie zusammengelegt hatte, um ihm die endgültige Heimreise zu finanzieren. Er kam am Morgen nach Rubens elftem Geburtstag im Hafen von Rotterdam an. Ruben erinnerte sich noch daran, wie seine Mutter nachmittags zu Hause zu dem fremden, braun gebrannten nervösen Mann «Bram, der Junge hatte gestern Geburtstag» gesagt hatte, worauf sein Vater «Aber natürlich, natürlich» erwiderte und ihm die Hand mit den Worten entgegenstreckte: «Noch alles Gute, Bursche.» Nach ein paar unbehaglichen Wochen, in denen jeder sich gezwungen und vorsichtig benahm, hatte sein Vater mit geliehenem Geld – drei Jahre brauchte seine Mutter, um es zurückzubezahlen – offensichtlich wieder das Schiff nach Ostafrika bestiegen. «Ein' feste Burg ist unser Gott, ein' gute Wehr und Waffen», sang seine Mutter abends am Klavier.

Die Nachricht, dass J. L. B. Smith am ersten Weihnachtsfeiertag 1952 aus den Händen eines Fischers auf den Komoren den zweiten Quastenflosser empfing, entnahm Familie Saarloos der Zeitung. Der Brief aus Dar es Salaam, der etwa sechs Wochen später eintraf, meldete darüber nichts; ebenso wenig wie der letzte, vom Juli 1953.

Als Smith im September desselben Jahres den dritten Coelacanth einheimste, war sein Vater schon tot. Und längst begraben, bevor die Todesnachricht seine Familie erreichte. Die Verwaltung der kleinen Stadt auf den Komoren, in der er sich zuletzt aufhielt, hatte nicht gewusst, wen sie benachrichtigen sollte. Der fremde weiße Mann hatte keine Papiere bei sich getragen. Erst nach Wochen kamen sie durch die Niederländische Botschaft in Dar es Salaam dahinter, wer es gewesen war.

«Wie schön wäre es gewesen, wenn er schließlich in der ersehnten Begegnung mit dem Fisch zugrunde gegangen wäre», sagte er. «Wie in einem Drama bei Melville: an der Harpunenschnur mitgerissen, ins Netz verwickelt, vom Fisch am Rumpf eines Boots platt gedrückt oder so ähnlich; diese Quastenflosser sind eine Art Panzerfahrzeuge. Aber weißt du, wie er umgekommen ist? Laut Aussagen der Fischer jedenfalls, mit denen er mitfuhr? Er ist auf den Eingeweiden von ein paar aufgeschlitzten Fischen auf Deck ausgerutscht und mit dem Kopf unglücklich auf den Bootsrand geschlagen. Zuerst schien gar nichts Schlimmes passiert zu sein. Er stand wieder auf und fuhr mit der Tätigkeit, mit der er gerade beschäftigt gewesen war, fort. Nach einer halben Stunde setzte er sich in einen Winkel und schloss die Augen. Sie dachten, er schliefe, aber als sie nach einiger Zeit an ihm rüttelten, war er bewusstlos, und bevor sie den Hafen erreichten, war er tot.»

Er schwieg.

Bente saß bewegungslos, die Füße untergeschlagen, das leere Teeglas auf dem Knie, und sagte nichts. Auch während seiner Erzählung hatte sie keinen Mucks getan. Sie saß da wie eine Lampe, die den Rauch seiner Worte in Kringeln auf sich zog, und schwieg.

«Vielleicht denkst du jetzt, dass mein Vater mein romantischer Held wurde», fuhr er fort, «denn darauf lief natürlich alles hinaus. Ich war dreizehn, als er starb, und bei uns zu Hause gab es nichts als erstickende reformierte Trübsal. Dem war er entflohen, er suchte die unerreichbare blaue Blume in fernen Landen, das ist klar. Und *er* hat mich nicht gezwungen, in den Konfirmationsunterricht zu gehen, *er* rationierte niemals die Schokostreusel und legte ein kleines Häufchen davon neben meinen Teller, gerade ausreichend für ein halbes Butterbrot, *er* kam abends nicht in mein Zimmer, um zu kontrollieren, ob ich beide Hände über der Bettdecke hätte …»

Über das letzte Beispiel erschrak er selbst ein bisschen, ganz allein mit einer jungen Frau in seiner Wohnkammer, aber dann dachte er, dass es nur seine eigene altmodische Art war.

«Es kam aber nicht so. Für meine Schwester wurde er der romantische Held, nicht für mich. Ich fand, was er getan hatte, lächerlich. Lächerlich und verächtlich. Vielleicht, weil ich unbewusst die Partei meiner Mutter ergriff, selbst wenn ich gar nicht gut mit ihr auskam. Ich schämte mich für ihn. Meinen Freunden erzählte ich immer, dass er für die Universität Utrecht wissenschaftliche Untersuchungen ausgeführt hatte und bei einem Sturm auf See umgekommen war. Ja, ich schämte mich für ihn zu Tode, bis weit in meine Studentenzeit hinein. Eine, äh ... eher kleinliche Reaktion, könnte man sagen, aber offenbar konnte ich es nicht verkraften, einen Vater zu haben, der sich keinen Deut um mich scherte und seine ganze Existenz und alles, was er hatte, durchbrachte, um in Afrika Jagd auf einen ausgestorbenen Fisch zu machen.»

«Nein.» Nachdenklich führte sie einen Finger über den Rand ihres Teeglases, als wollte sie es singen lassen. Ihr in sich gekehrtes Gesicht erschien ihm plötzlich wie eine verblasste Ikone auf einer Kirchenwand.

«Später hab ich's dann als pathologischen Eifer betrachtet, der gut zu seinem Charakter passte. Er hatte einen ausgeprägten Hang zum Absoluten, würde ich sagen. Weltfremd, von den Dingen um sich herum unberührt, immer nur auf sein eigenes enges Fachgebiet beschränkt. Manchmal habe ich auch gedacht, dass es vielleicht seine Reaktion auf den Krieg war. Obwohl er laut Aussage meiner Mutter nie wirklich gefährdet war. Er hatte auch wenig Familie. Eine Tante von ihm wurde deportiert und kam nie mehr zurück, aber die kannte er kaum. Und trotzdem zog ihn vielleicht der Teil der Welt an, in dem es *nicht* passiert war, wer weiß.»

Er schwieg. Ganz weit weg hörte man ein Grummeln, wie von einem entfernten Gewitter.

«Erst jetzt in letzter Zeit, wo ich viel älter bin, als er je geworden ist, sehe ich die Sache anders an. Jetzt ist es fast so, als ob er mein Sohn wäre, der sich leichtsinnig und verantwortungslos benommen hat, dem ich aber nicht wirklich böse sein kann.»

Er staunte über seine eigenen Worte. Es musste mindestens zwanzig Jahre her sein, dass er mit jemandem über seinen Vater gesprochen hatte, jedenfalls so nachdenklich und erzählend. Und zum ersten Mal wurde ihm selber klar, dass er seinen Vater so sah.

«Aber weißt du, was das Komische ist? Offenbar musste ich erst weit über fünfzig werden, bevor ich die Größe seiner Besessenheit einsehen konnte. Ja, Größe, das ist das Wort. In diesem Buch über Fische, das ich gerade übersetze, steht, dass in den letzten paar Jahrzehnten mehr als einhundertfünfzig Quastenflosser gefangen wurden; so schwierig kann es demnach nicht sein, einen zu fangen. Als ich das las, dachte ich: Es macht die ganze erfolglose Jagd nur umso größer.»

Jetzt halte ich aber den Mund, nahm er sich vor. Eine halbe Stunde erging er sich nun schon über seinen Vater, und auch noch in Worten wie «Größe», die er normalerweise nicht über die Lippen brachte und die er offenbar ernst meinte. Genau wie seine Mutter. Die hatte in den letzten einsamen Jahren ihres Lebens auch immer wie aufgezogen geredet, wenn man sie in ihrer Seniorenwohnung besuchte, hatte Erzählungen über den Vater abgespult, besser gesagt, fromme Referate über seine Beweggründe gehalten, die sie gern «als im Wesen religiös» aufgefasst haben wollte. Was hatte dieses Mädchen an sich, dass sie einem so die Worte aus dem Mund lockte?

«Und dann hast du diesen Satz aufgeschrieben», sagte sie. «‹Mein Vater suchte den Coelacanth.›»

«Ja.»

Sie nickte. «Es gehört sich zwar nicht, andrer Leute Zettel auf dem Schreibtisch zu lesen, aber andererseits: Wenn ich es nicht getan hätte, hättest du dies vielleicht nicht erzählt.»

«Nein. Aber was hättest du dann vermisst?»

Sie sah ihn an, von der Frage offenbar überrascht. Sie öffnete den Mund, als ob sie etwas sagen wollte, und machte ihn wieder zu; ein Fischchen, das nach Luft schnappte.

In diesem Augenblick fand er sie so entsetzlich lieb, dass er aufstehen, sie umarmen, seine Lippen auf ihre drücken und sie an sich pressen wollte.

«Alles», sagte sie zögernd. «Die ganze Geschichte.»

Sechs Wochen allein im IJsselmeer sind doch härter, als man glaubt, dachte er.

«Möchtest du noch Tee?»

«Ein kleines bisschen. Ich muss eigentlich gehen.»

«Oh, nein. Du kommst hier nicht weg. Die ganze Zeit lässt du mich die merkwürdigsten alten Geschichten erzählen, und dann sagst du, du musst weg? Jetzt bist du an der Reihe. Erzähl doch mal, was machst du, wenn du keine Pupillen misst und auch nicht Schlittschuh läufst?»

«Was ich dann mache …»

Sie sah leise kichernd auf ihre Füße, als könne sie nicht so schnell umschalten oder aus ihren Tätigkeiten so ohne weiteres eine aussuchen, um ihm darüber zu berichten.

Er schenkte Tee ein.

«Karate, Chinesisch lernen, mit deinem Freund tanzen gehen …»

«Funken», sagte sie.

«Funken?»

«Ja. Funken. Mit Morsezeichen.»

«Funken mit Morsezeichen?»

«Ja.»

Sie lachte fast entschuldigend, als ob sie «Einkaufen» oder «Kuchen essen» gesagt hätte.

Er starrte sie einen Moment lang an.

«Mit einem Funkgerät?»

«Ja.»

«Schön. Alles klar. Zwar befinden wir uns im einundzwanzigsten Jahrhundert, wir telefonieren, faxen, e-mailen … chatten im Internet, aber du sendest Morsezeichen. Ja, ich verstehe.»

«Das kommt …», sagte sie, «in dem Haus, in dem ich jetzt wohne, steht zufällig dieses Funkgerät. Es gehört mir ja gar nicht, aber ich darf es benutzen. Und das wollte ich immer schon gerne tun. Es ist nämlich nicht so schwer. Viel schwieriger ist es, jemanden zu finden, dem du deine Funksprüche schicken kannst. Aber den habe ich jetzt. Ich nehme fast jeden Abend Kontakt mit ihm auf, oder er mit mir, und dann funken wir. Er kann es besser und schneller als ich, aber er macht es auch schon sehr lange.»

Ihn durchzuckte ein eifersüchtiger Schmerz. Abends funken mit Bente. Kurz-lang-lang-kurz, lang-lang-lang-kurz-kurz-kurz. Warum konnte *er* nicht morsen?

«Bestimmt ein alter Spion. Einer, der es noch im Kalten Krieg gelernt hat. Das sah man doch immer in den alten Spionagefilmen? Sobald es was zu berichten gab, zogen sie sich in ein Zugabteil oder in die Toilette zurück, klappten ihre Funkköfferchen auf und begannen, ihre Meldungen durchzugeben.»

Sie lachte. «Ich werde ihn mal fragen, ob er Spion war. Möglich wäre es schon.»

«Aber warum machst du so etwas? Was findet eine moderne Frau daran so faszinierend, Funkbotschaften im Morsealphabet zu senden?»

Sie zuckte mit den Achseln. «Schwer zu sagen. Mir ist mal ein Lehrbuch über das Morsen in die Hände gefallen, und das fand ich ulkig, all diese Striche und Punkte. Dann hab ich es mir selber beigebracht. Vielleicht gerade, weil es so sinnlos ist. Oder vielleicht bin ich nicht modern genug.»

Im Geist sah er sie als Funkerin hinter einem Gerät voller Stecker und Stöpsel sitzen, wie in einem Vorkriegsfilm, einen riesigen altmodischen Kopfhörer auf dem Haar – das nicht rot sein kann, weil es ein Schwarzweißfilm ist –, wie sie den mysteriösen kurzen und langen Tönen lauscht, die niemand außer ihr verstehen kann. Der Kapitän des Schiffs steht mit mahlenden Kinnbacken neben ihr. Sie schaut sich um. «Der Wirbelsturm kommt gerade auf uns zu, sagen sie!» Und der Kapitän presst die Zähne aufeinander und geht aus der Kabine.

«Kann denn jeder einfach so ein Funkgerät im Haus haben? Muss man dazu nicht auf offener See sitzen oder wenigstens in der Ebene oder in einem Turm?» Er wusste nichts von der Funkerei.

«Hmm. Wenn du mitten in der Stadt in einer Kellerwohnung lebst, könnte es schwierig werden. Aber bei uns steht das Gerät auf dem Dachboden.»

Bei uns.

«Und was für Nachrichten funkst du, wenn ich fragen darf?»

«Alles», sagte sie, «Codes, Standardcodes, aber auch normale Nachrichten, Sachen, die man genauso gut am Telefon besprechen könnte. Übers Eislaufen. Über die Arbeit. Dass jemand geboren oder gestorben ist. Es kann alles sein. Wie zum Beispiel, dass du hier im Eis eingefroren bist.»

«Hast du das deinem Spion mitgeteilt?»

«Ja.»

Auf einmal hörte man das Donnergrollen viel lauter als vorher in der Ferne.

«Hmm», sagte sie mit gerunzelten Brauen. Sie nahm ihr Teeglas vom Tisch und fing an, es mit hastigen kleinen Schlückchen zu leeren.

«Interessiert er sich dafür?»

«Ja.»

Sie trank ihren Tee so schnell wie möglich aus.

Verwundert weniger über die Tatsache, dass Berichte über seine Abenteuer auf diese ungewöhnliche Weise in den Äther gefunkt wurden, als darüber, dass sie so ein seltsames Hobby hatte, sah er sie an. Er versuchte sich vorzustellen, wie sie da abends auf ihrem Dachboden saß und funkte. Codes, Nachrichten, Dinge, die man auch am Telefon besprechen konnte, über die Arbeit, das Eislaufen, dass jemand geboren oder gestorben war … Aber warum? Was war der Witz daran?

«Ich muss wirklich gehen», sagte sie und stand auf. «Ich will nicht ins Gewitter kommen.»

Er stand auch auf. «Siehst du? Das ist die Strafe für

mein Gequassel. Jetzt, wo du grade so was Interessantes berichtest.»

«Morgen erzähle ich weiter», sagte sie. «Obwohl, es gibt kaum noch was drüber zu sagen. Oder möchtest du morsen lernen?»

«Gerne.»

Sie lächelte.

Dass sie vorhatte, morgen wiederzukommen, wog diesmal seinen Kummer darüber, dass sie wegging, nicht auf. Die Besuchszeit war vorbei. Zwischen jetzt und dem nächsten Mal lag ein lange einsame Nacht auf Robbeneiland.

«Und kann ich noch irgendetwas mitbringen?»

«Eine Zeitung!», sagte er. «Könntest du mir den *Volkskrant* mitbringen? Mein Radio ist so schlecht, dass ich die Nachrichten kaum verstehen kann. Ich werde noch so weltfremd wie mein Vater.»

«Den *Volkskrant*. Gut.»

Sie waren in den Vorraum gegangen, wo sie stehen blieb, um ihre Jacke anzuziehen. Es klappte nicht, weil ein Ärmel nach innen gestülpt war. Er wollte ihr helfen, ihn auf der richtigen Seite herauszuziehen, und stellte sich dabei so ungeschickt an, dass der ganze Ärmel in einem einzigen Knäuel im Ärmelloch stecken blieb. Sie nahm ihm die Jacke ab und stieß den Ärmel selbst heraus.

Ihre direkte Nähe im dämmrigen Gang wirkte berauschend. Er roch einen leichten Karamellduft, der sich, als sie mit beiden Händen unter die Haare griff, um sie aus dem Jackenkragen herauszuziehen, mit dem süßen Heuduft ihres Haares vermischte. Wieder fühlte er sich gedrängt, die Arme um sie zu schlingen, das glatte Kunstleder an sich zu drücken und sein Gesicht in diesen Haaren zu verbergen. So lebendig war diese Vorstellung, dass sein Herz zu klopfen begann und sein Geschlecht sich mit Blut füllte. Es wurde peinlich.

Bente hatte mittlerweile ein Problem beim Schließen ihrer Jacke. Der Reißverschluss klemmte, und sie musste die Anfangsschiene mehrmals hintereinander wieder in den kleinen Wagen setzen. Er sah auf ihr gesenktes Gesicht mit der schmalen schiefen Nase, auf ihre sommersprossigen, über dem Venushügel beschäftigten Hände, der sich unter ihrer engen Jeanshose abzeichnete, und stellte sich vor, wie er diese Hände ergreifen und sie um seine Taille legen würde, wie er sich an sie drücken und ihr ins Ohr flüstern würde: «Bleib doch noch.»

«Das ist das Lästige bei den Dingern, was?», sagte er feige.

Der Reißverschluss ging zu. Er griff an ihr vorbei, um die Tür zu öffnen, ließ sie vorgehen und nahm seine Lodenjacke vom Haken, um die äußeren Anzeichen seiner Erregung zu verbergen.

«Ha, ha, ha …», riefen die Krähen, als sie nach draußen kamen.

Auf der Gangway sitzend, zog sie ihre Schlittschuhstiefel an. Als sie sich wieder aufrichtete, akzeptierte sie seinen ausgestreckten Arm, um sich darauf zu stützen.

«Wenn ich jetzt auch ein Funkgerät hätte», sagte er, während sie zu der Stelle gingen, von wo aus sie bequem aufs Eis gleiten konnte, «dann könnte ich dir heute Abend ein SOS senden. Schließlich bin ich ein Schiff in Not.»

«Ja, du bist schrecklich in Not», sagte sie. «Aber deine Position ist bekannt, und du hast noch keine Schlagseite.»

«Kann aber sehr schnell passieren!»

«Dann wirst du dir ein Baumhaus bauen müssen. Hier liegt genügend Holz herum, wie ich sehe.»

«Besuchst du mich dann in meinem Baumhaus?»

Seine Erregung machte ihn so kokett wie noch nie zuvor bei einer Frau.

«Das hängt davon ab …», sagte sie.

«Wovon hängt es ab?»

Sie sah auf den Boden, und er konnte sie ungestraft weiter betrachten, bis sie ihren Satz beendete.

«Ob es dir gelungen ist, den Tee und die Rumflasche zu retten», sagte sie aufblickend, und in ihren Augen stand außer Spott auch Verlegenheit.

Sie streckte ihm die Hand hin. «Bis morgen.»

«Hör mal …», sagte er und machte ein ernstes Gesicht, ihre Hand in der seinen. «Ich finde es natürlich wunderbar, wenn du morgen wiederkommst, aber sei vor allem bitte vorsichtig. Wenn du auch nur den leisesten Zweifel daran hast, ob es noch geht, dann komm nicht, verstehst du? Nicht dass du denkst: Ich muss es riskieren, denn der arme Mann da wartet auf seine Zeitung …»

«Nein», sagte sie.

Auf ihren Lippen entdeckte er ein paar winzige winterliche Kältekrusten, die er gerne weggeküsst hätte.

«Gut.» Er ließ ihre Hand los. «Bis morgen dann, hoffe ich.»

Sie trat vom Betonrand auf das Eis, setzte sich die Mütze auf und entfernte ihre Kufenschützer.

«Warte», sagte er. Ihm fiel ein, dass er vermutlich noch eine Visitenkarte in der Innentasche seiner Jacke hatte. Er holte sie heraus und gab sie ihr.

«Wenn es morgen nicht mehr klappen sollte, ruf mich an. Die unterste Nummer ist das Handy.»

Sie steckte das Kärtchen in ihre Jacke, lächelte ihm noch einmal zu und fuhr weg. Rund um die Kufen spritzte Wasser hoch. In der Ferne grummelte es wieder, aber schwach. Seine Erektion schwand mit jedem Meter, den sie sich von ihm entfernte.

Er holte tief Luft. Teufel, Teufel. Die Versuchung des heiligen Antonius war nichts dagegen.

Er ging wieder hinein und in den Wohnraum, wo das Teegeschirr noch auf dem Tisch stand. Am Glas, aus dem Bente getrunken hatte, suchte er die Stelle, wo ihre Lippen einen schwachen Abdruck hinterlassen hatten, drückte ihn an den Mund und ging zum Schreibtisch hinüber. Eine Zeit lang saß er so da, das Glas an die Lippen gepresst, und sah nach draußen. Das Unwetter hatte sich verzogen. Alles blieb gleichmäßig grau.

«Ich konnte dich heute Nachmittag nicht erreichen!», sagte Ina. «Hattest du das Telefon aus?»

«Ja, ich hab gerade erst gemerkt, dass es ausgeschaltet war.»

«Hast du so fleißig gearbeitet?»

«Ja.»

«Gesägt oder übersetzt?»

«Übersetzt. Obwohl mich die Krähen immer abgelenkt haben. Weißt du, was ich gemacht habe? Einen Spiegel nach draußen gesetzt.»

Er berichtete über das Verhalten der Krähen vor dem Spiegel. Wie misstrauisch sie erst gewesen waren; wie sie sich doch näher gewagt hatten und wie sie schließlich, als sie spitzkriegten, dass sie sich selber sahen, nicht genug davon bekommen konnten. «Manche hatten so viel Spaß dran, dass sie ein ganzes Theaterstück aufgeführt haben. Sich gegenseitig hacken und picken oder einen Zweig in den Schnabel nehmen, um zu schauen, wie das aussieht. Die hatten einen Mordsspaß.»

«Oh, wie süß!», rief Ina. «Schade, dass ich das alles verpassen muss!»

Es traf ihn. Ja, genau, wenn Ina hier wäre, könnten sie zusammen die Krähen beobachten. Ein heftiges Verlangen nach ihr ergriff ihn, gleichzeitig ein dumpfes Schuldgefühl. Er sah vor seinem geistigen Auge, wie Ina durch das kleine Küchenfenster spähen würde – ihr blondes Haar zu einem lustigen unordentlichen Knoten gedreht, mit dem Kinn auf den Fäusten –, und hörte im Geist, wie sie das Krähentheater kommentieren würde. In diesem Augenblick hatte er sie schrecklich lieb und schämte sich. Was fehlte ihm denn?

«Also halten sie dich ganz schön von der Arbeit ab, diese Krähen?»

«Und wie.»

«Das nehm ich ihnen nicht übel. Ein bisschen Vergnügen hast du auch verdient!»

«Ja», sagte er mit einem unbehaglichen Gefühl.

«Weißt du», fuhr sie fort, «ich hab mir heute überlegt, ob es nicht gut wäre, die Küstenwache nochmal anzurufen. Sie können zwar nicht bis zu dir durchkommen, aber wenn das Eis jetzt so stark schmilzt, dann genügt es vielleicht, wenn sie eine breite Rinne durch den tieferen Teil brechen. Dann könnte …»

Er erschrak.

«Wieso denn eine breite Rinne?»

«Na ja, sie kämen zwar nicht bis zu dir hin, aber vielleicht treibt das Eis rund ums Boot ab, wenn es ein Stück weiter aufgebrochen ist. Oder es zerbröckelt von selbst. Dann könntest du doch mit eigener Kraft die Fahrrinne erreichen! Und das wäre …»

«Wie kommst du darauf? Das Eis ist dafür noch viel zu dick! Es ist noch mindestens fünfundzwanzig Zentimeter dick!»

Der Gedanke an eine Fahrrinne, die wie eine gezackte Wunde durch das Eis laufen und seine Insel brutal und endgültig unerreichbar machen würde, verursachte ihm Bauchkrämpfe.

«So dick doch nicht mehr!», sagte Ina.

«Ach nein? Und wer ist hier an Ort und Stelle, du oder ich?!»

Ina schwieg.

«Es kommt mir auch gefährlich vor! Wenn man eine Rinne ins Eis bricht, führt man den Eisstau geradezu künstlich herbei! Bevor man sich's versieht, schieben sich die Schollen hier auf der Insel zusammen.»

«Das glaube ich nicht. Du nimmst die Spannung doch gerade weg, wenn du das Eis kaputtmachst.»

«Ja, aber wenn dann eine Strömung nach hierher entsteht, treiben all die losen Eisschollen auf mich zu.»

«Also», sagte Ina, «du kannst doch einfach die Leute von der Küstenwache mal danach fragen? Mal hören, was sie dazu meinen.»

«Das nützt doch nichts. Sonst wären sie wohl schon selbst draufgekommen.»

«Glaubst du wirklich, dort zerbricht man sich den Kopf über dich? In allen Häfen und Kanälen gibt's Probleme mit der Eisschmelze. Du bist nicht in Gefahr, du verhungerst nicht, bist kein Hindernis für die Schifffahrt, die denken doch gar nicht an dich! Solange du dich nicht rührst, tun die auch nichts für dich. Soll *ich* vielleicht dort anrufen?»

«Nein, nein! Auf keinen Fall. Ich werde mal sehen. Ich denke drüber nach.»

«Ruf sie einfach an. Ein Anruf kostet nichts. Und wenn sie dann sagen: ‹Nein, das geht nicht›, dann weißt du es ganz sicher.»

«Ja», sagte er, um die Debatte zu beenden.

«Aber auch wenn es nicht geht – das Eis schmilzt jetzt so sehr, dass du in einer Woche wieder unter uns Menschen bist, wenn du mich fragst.»

«Ja», sagte er.

«Und dann brat ich dir gleich ein leckeres Beefsteak. Ein Filetstück. Und danach Erdbeeren mit Schlagsahne. Oder bist du schon gänzlich abgestorben?»

«Nein», sagte er.

Der Abend war nicht kalt. So um die fünf, sechs Grad. Und wenig Wind, obwohl dunkelblaue Wolkenfetzen mit großer Geschwindigkeit über den Mond zogen. Immer wenn sie den Mond verdeckten, konnte man den Ausdruck «die Hand nicht vor den Augen sehen» ganz wörtlich nehmen. Wohl blinkerte in der Ferne das Licht des Sendemasts, und manchmal wurde ein Stück des fernen

Horizontes von den Lichtfingern der Autos erhellt, die über den Deich am IJsselmeer entlangfuhren, aber sonst war es stockduster. Erst einmal im Leben hatte er eine so vollkommene Dunkelheit erlebt: vor langer Zeit, in den frühen sechziger Jahren, als er mit einem Studienfreund durch Ungarn gezogen war. Wenn man da in einer mondlosen Nacht fern von der bewohnten Welt aus seinem Zelt trat, senkte sich die Dunkelheit wie Blindheit über einen hin. Mit dem Unterschied, dass die Luft damals vom Gräser- und Kräuterduft erfüllt gewesen war, vom Singen der Nachtvögel und Grillen. In seiner Eislandschaft hier roch es nach nichts, und es blieb immer still.

Als der Mond wieder zum Vorschein kam, ging er ein bisschen umher, nicht zu weit vom Schiff weg. Er wollte keinen Spaziergang machen, nur draußen sein. Es war ein merkwürdiges Gefühl, aus dem nächtlichen Dunkel und Abstand auf das Schiff mit den erleuchteten Fenstern zu schauen. Als ob er ein Fremder wäre, ein Einbrecher oder Mörder, der herausfinden wollte, wie es dort drinnen zuging, wie man den Sonderling, der dort hauste, am besten überfallen konnte. Das Schiff strahlte etwas Freundliches und Gemütliches aus, und doch hatte er es da drin nicht aushalten können.

Ringsumher auf den kahlen Ästen saßen die Krähen in den Bäumen und schliefen, manche in kleinen Grüppchen, andere allein auf einem Ast für sich. Als er sich näherte, entstand leichte Unruhe. Sie machten wachsame kleine Geräusche, rutschten ein Stück auf dem Ast weiter, ein einziger Vogel flatterte ein bisschen, aber unruhiger wurden sie nicht. Kannten sie ihn schon? Hatten sie ihn als ungefährlich eingestuft? Wie gut, dass sie da waren. Auf einer Insel mit Kaninchen fühlte man sich ausgesprochen einsam, auf einer Kräheninsel viel weniger. So war das.

Er sah zu den Sternen hinauf und dachte an Ina. Um genauer zu sein: an Sex mit Ina. Dass seine Ehe nach dreißig Jahren noch nicht verdorrt war, lag an ihr; er selbst betrachtete sich als ziemlich kalten Fisch, er war es übrigens immer gewesen, jedenfalls wenn er erwog, was Sex für die meisten Männer zu bedeuten schien. Inas unkomplizierte Art verlieh ihr auch jetzt noch, wo sie weit über fünfzig war, eine Unbefangenheit, die von seiner eigenen Zurückhaltung stark abwich und gerade dadurch gut zu ihr passte. Ina schuf einfach immer vollendete Tatsachen. Mit derselben Hingabe, mit der sie zum Beispiel Zabaione schlug oder Rote-Rüben-Salat mit Speck fabrizierte, weil sie ohne diese Mahlzeit plötzlich nicht weiterleben konnte, oder sich mitten am Tag wie eine Katze auf dem Bett oder auf dem Sofa zusammenrollte und ungeniert in tiefen Schlaf fiel – mit derselben selbstverständlichen Hingabe ließ sie auch ihrem Appetit auf Sex freien Lauf. Dabei schien sie sich niemals zu fragen, ob er seinerseits Lust hatte, und genau darin schlummerte ihre Kraft. Sie tat nie verführerisch oder herausfordernd. Sondern knöpfte höchstens die Bluse ein bisschen auf, setzte die Lesebrille ab, legte das Buch weg und sagte mit strahlendem Lächeln: «Komm doch ein bisschen zu mir, mein Schatz.»

Lange bevor er sie kannte, hatte er eine Freundin gehabt, die verlangte, ein Mann «solle sie verführen», und auch noch ziemlich regelmäßig, ohne dass sie selbst irgendetwas dazu getan hätte, außer vielleicht eine schwüle Erwartungshaltung zu kreieren, die, wenn die Verführung auf sich warten ließ, in beleidigtes Schweigen umschlug. Die Beziehung hatte nicht sehr lange gedauert. Und Ina hatte von Anfang an begriffen, dass es besser war, das Heft selbst in die Hand zu nehmen. Eigentlich spielten sie schon seit Jahr und Tag das Spielchen von «Gnädiger Herr, Ihre Gattin wünscht bedient zu werden, kommen Sie doch mal», und noch immer amüsierte ihn das Selbstvertrauen, womit sie es tat, so sehr, dass er ihr ohne Probleme die Antwort «Gnädige Frau, Ihr Wunsch ist mir Befehl» geben konnte.

Er liebte Ina doch? Was passierte dann jetzt mit ihm? Was brachte ihn so aus der Fassung? War er verliebt? Allein schon das Wort irritierte ihn. Vielleicht war es das Beste, wenn das Mädchen morgen gar nicht mehr kam. Frauen hatten sehr feine Antennen für so etwas, und er wollte sich nicht lächerlich machen. Aber der bloße Gedanke, sie könnte nicht mehr kommen, verursachte ein schrecklich hohles Gefühl in seiner Brust.

Mit dem Kopf im Nacken sah er so lange zu den Sternen auf, bis sein ganzer Oberkörper schließlich hin- und herschwang. Immer neue Sterne tauchten auf, während andere gerade verschwanden, und auf einmal klangen von überall her Morsezeichen, lang-kurz-kurz-lang, lang-lang-kurz, kurz-kurz-lang, als ob zahllose Wesen im Universum miteinander in Verbindung stünden und man bloß einen Empfänger, das geeignete Ohr, dafür haben musste, um diese Vielfalt aufzufangen. Er versuchte, seine Uhr ins Mondlicht zu halten, aber es war zu schwach; er dachte, es sei wohl gegen Mitternacht. Langsam ging er zum Schiff zurück und hinein, um zu schlafen.

Wer eine halbe Stunde später hineingeschaut hätte, hätte ihn allerdings noch immer am Küchentisch sitzen sehen. Mit einer Schachtel voller Streichhölzer vor sich, die er eines nach dem andern anstrich, bis er sich beinahe die Finger verbrannte, wobei er auf die kleine Schwalbe starrte.

6

UNGEFÄHR ZEHN METER vom Schiff entfernt stand er in Gummistiefeln auf dem Eis und federte ein bisschen in den Knien. Richtig aufzustampfen traute er sich nicht, so unbehaglich fühlte er sich nach der beängstigenden Erfahrung von vor zwei Tagen. Die Dicke des Eises, beim Boot gemessen, betrug noch immer zwanzig Zentimeter, aber wer sagte ihm, dass es überall gleich dick war? Und was bedeuteten zwanzig Zentimeter bei einer so sumpfigen Substanz? Seine Stiefel saugten sich in einer kleinen Schicht Wasser fest. Man hörte kein Krachen mehr, auch Gott sei Dank kein Stöhnen, aber während er das Krachen in der hohen Zeit des Eises immer als sehr unangenehm empfunden hatte, jagte ihm sein Ausbleiben jetzt geradezu Angst ein.

Nein, sie kam nicht mehr. Über diese Zuckergussmasse konnte man unmöglich noch Schlittschuh laufen, und sicher nicht zum Vergnügen. Wer würde denn, ganz abgesehen von der Gefahr, noch Spaß daran haben, eine so lange Strecke durch den Eismatsch zu pflügen? Man kam kaum voran, und wenn man hinfiel, war man sofort pitschnass. Nicht von ungefähr sah man keine anderen Schlittschuhläufer mehr. Wie ausgefallen die Hobbys gewisser Mädchen auch sein mochten, irgendwo gab es Grenzen.

Hinter ihm, von der andern Seite der Insel her, erklang das hysterische Schnattern und Flattern der Eichelhäher, begleitet vom ruhigeren, fast ironischen Gekrächz der Krähen. Eine Anzahl Krähen war heute Morgen noch an Deck gewesen, um sich vor dem Spiegel zu vergnügen, aber jetzt hatten sie plötzlich auf der anderen Uferseite mobil gemacht, um den dort entbrannten Kampf mit den Eichelhähern auszufechten.

Ein Wind kam auf und blies fächerförmige Muster ins Wasser auf dem Eis. Er schauderte, drehte sich um, glitschte zum Boot zurück und sagte sich, dass es vorbei war. Und es war auch gut so, vor allem angesichts seiner pubertären Reaktionen auf die plötzliche leibhaftige Anwesenheit einer jungen Frau. Das Tauwetter hatte ihn aufgeweicht und übertrieben empfindlich gemacht, aber dasselbe Tauwetter nahm ihn letztendlich gegen sich selbst in Schutz.

An seinem Schreibtisch tat er ab halb zwölf Uhr kaum mehr etwas anderes, als wider besseres Wissen auf den leeren, grauen, nebligen Horizont zu starren, mit und ohne Feldstecher, daher fing er schließlich an, sich mit Unsinnigem zu beschäftigen. Die Schachtel mit dem Bürokram aufzuräumen, alte Dateien von der Festplatte zu löschen, den Inhalt seiner Schreibtischschublade zu inspizieren. Er holte ein nasses Tuch und putzte die Tastatur sauber, und noch einen großen Teil der Schreibtischplatte gleich mit dazu. Danach die verstaubten Ränder des Bücherregals. Er versuchte, möglichst wenig nach draußen zu schauen, wo doch nichts und niemand zu sehen war, und je mehr Zeit verstrich, desto mehr richteten sich seine Erwartungen auf das Telefon. Sie würde doch auf alle Fälle anrufen? Um drei Uhr stieß er Inas blaue Vase aus böhmischem Glas um, die zu Bruch ging, was seine Laune auf den Tiefpunkt brachte. Als er die Scherben zusammengekehrt hatte und aus dem Fenster sah, war sie bereits ein erkennbares Figürchen in der Ferne.

Kann die eigene Freude beunruhigen?

Er stand auf der Betonumrandung des Ankerplatzes, sah sie direkt auf sich zukommen – eine stolze Gestalt, mit unglaublicher Geschwindigkeit, mit aufspritzenden Wasserfontänen zu ihren Füßen – und erkannte mit schmerzlicher Klarheit, wie es um ihn stand; wie sehr er nach ihr verlangt hatte; wie lächerlich und unerwünscht das war, und wie unentrinnbar.

Sie ließ den Schwung ausklingen und bremste erst im allerletzten Moment auf die bekannte abrupte Art ab. Die Wangen von der nassen Kälte gerötet, Lippen, die mit Pomade eingerieben waren und glänzten.

«Hallo.»

Er schüttelte ungläubig den Kopf.

«Ich dachte schon, du kommst nicht mehr.»

«Ja, ich bin heute ein bisschen später dran als sonst.»

«Nein, ich dachte, dass man jetzt wirklich nicht mehr Schlittschuh laufen kann.»

«Oh», sagte sie verwundert, mit einem raschen Blick

auf die Eisfläche hinter sich, als wollte sie mit seinen Augen sehen, was ihn zu dieser Annahme gebracht hatte.

«Deine Hose ist völlig nass!»

«Ja, ich bin einmal hingeflogen. Ganz schön dumm von mir.»

«Komm schnell herein.»

Sie glitt zum Betonrand, machte den Reißverschluss ihrer Jacke auf und holte die Kufenschützer hervor. Sie trug einen schwarzen Pullover, und in der Innentasche ihrer Jacke steckte eine zusammengefaltete Zeitung, an deren Schriftbild er sofort sah, dass es nicht der *Volkskrant* war – was ihm im Übrigen völlig gleichgültig war. Er streckte ihr die Hand entgegen, sie trat ans Ufer und ging zur Gangway, wo sie sich hinsetzte, ihre Handschuhe auszog und mit roten Fingern an den Schnürsenkeln zu knibbeln begann. Es war mühsam.

«Lass mich mal.»

Er kniete sich vor sie hin und versuchte, die Schnürsenkel zu lockern, aber das ging nur schwer; sowohl das Leder wie auch die Schnürsenkel selbst waren vom Spritzwasser durchtränkt; man musste jede Schlinge einzeln durch die Öse zerren.

«Verdammt, das ist doch Wahnsinn, auf solchem Eis noch zu laufen, wie kann man so verrückt sein?», schimpfte er, um seine Freude zu verbergen. «Hast du keine kalten Füße?»

«Nein, es geht.»

Er legte eine Hand um ihre Jeanswade und zog ihr vorsichtig den aufgeschnürten Schlittschuhstiefel vom Fuß. Ihre Socken waren auch nass.

«Lass mal fühlen.»

Er zog die Socke halb herunter und nahm ihren Fuß von der Ferse bis zum Rist in beide Hände.

«Sehr kalt!»

«Weil deine Hände so warm sind.»

Er streifte die Socke wieder über die Ferse zurück, aber die Gangway hatte inzwischen zu schwanken angefangen, als ob er an Ort und Stelle ein paar Gläser Genever gekippt hätte. Er hatte früher einmal eine amerikanische Erzählung übersetzt über einen Typ, der trotz seines akademischen Grades nichts anderes wollte als in einem Schuhgeschäft arbeiten – in der Damenschuhabteilung. Nun verstand er den Mann.

Der andere Schuh. Sie ließ ihn machen. Geduldig zog er die einzelnen Schlingen durch die Ösen, holte die lederne Zunge heraus, umfasste ihre Wade wieder mit der Hand, wieder eine feuchte Socke …

«Geh schnell rein und stell dich an den Ofen.»

Sie stand auf, nahm ihre Stiefel und ging vor ihm her ins Schiff.

«Diesmal hab ich mir keinen Rum verdient», sagte sie, als sie die Jacke auszog und an den Kleiderhaken hängte, «denn ich hab die falsche Zeitung dabei.»

Sie zog die Zeitung heraus und gab sie ihm.

«The Daily Mirror …», sagte er verblüfft.

«Den *Volkskrant* hatten sie nicht.»

Er sah sie fragend an. Ein Buchladen oder Tabakgeschäft, das den *Volkskrant* nicht hatte, aber den *Daily Mirror*? Sie zuckte nur mit den Schultern.

«Und da bist du mal eben über die Nordsee gefahren, nach Harwich.»

Sie lachte – kleine weiße Zähne ganz nah – und glitt schnell in den Raum.

«Aber danke trotzdem. Schön. Mal was anderes. Es ist Jahre her, dass ich den gelesen habe.»

Er warf die Zeitung auf einen Stuhl und sah sie an. Sie stand schon am Ofen. Der enge schwarze Pulli, den sie trug, machte sie besonders zart, ihr Gesicht noch blasser, ihre Haare noch flammender. «Warte mal ...»

Er ging in den abgeteilten Schlafraum, zögerte einen Moment vor Inas Kleiderschrank, öffnete dann seinen eigenen, nahm eine saubere Cordsamthose heraus und ein Paar Wollsocken.

«Schau mal», sagte er, als er wieder in den Wohnraum zurückging, «zieh die an und häng deine eigene Hose und die Socken am Ofen auf, dann sind sie wieder trocken, wenn du weg musst. Und wo sind deine Schlittschuhstiefel?» Im Flur nahm er die nassen Schuhe unter dem Kleiderhaken auf. «Die müssen auch an den Ofen.»

Er holte ein Beistelltischchen, legte die Schlittschuhstiefel schräg darauf und stellte das Tischchen an den Ofen, nicht zu nah, damit das Leder nicht brüchig wurde, aber mit der Schuhöffnung so weit wie möglich zur Wärmequelle hin. Dabei versuchte er, sich die Telefonnummer, die an der Innenseite unter ihrem Namen stand – eine nordholländische Vorwahl, dachte er –, einzuprägen, aber er hatte Schwierigkeiten mit Zahlen und würde sie doch nicht im Kopf behalten.

«Das ist lieb», sagte sie.

«Oh, du hast keine Ahnung ...», sagte er mit einem Versuch zu scherzen und ging schnell aus dem Raum, als ob Teekochen jetzt allerhöchste Priorität hätte.

In der Küche setzte er Wasser auf, hängte Teebeutel in die Kanne, schenkte den Rum schon in die Gläser und starrte, ohne etwas zu sehen, aus dem Fenster aufs Vordeck, in der Erwartung, dass das Wasser kochte. Er wollte nicht in den Wohnraum zurückgehen, bevor Bente ausreichend Zeit gehabt hatte, sich umzuziehen, und hielt sich daher diskret auf Abstand, aber, Gott Allmächtiger, allein der Gedanke, wie sie da jetzt mit nackten Beinen in ihrem Slip im Wohnzimmer stand, reichte offenbar aus, ihn in denselben Zustand von Erregung wie gestern Nachmittag zu versetzen. Er kannte sich selbst nicht mehr. So weit war es also mit ihm gekommen, dass er sich wie ein alter Lüstling an den Phantasien eines Sechzehnjährigen aufgeilte.

«Schau mal», sagte sie plötzlich hinter ihm.

Barfuß kam sie in die Küche, wobei sie die Taschen der Cordsamthose weit nach außen spreizte, sodass sie wie eine Urker Fischerhose um sie herum abstand. Die Hosenbeine hatte sie umgeschlagen. Schlanke weiße Füße mit rot lackierten Zehennägeln kamen darunter hervor. «Wie findest du mich?»

«Sie steht dir gut. Besser als mir.»

«Oh, dann kriegst du sie nicht mehr wieder», sagte sie und kam langsam, mit den Taschen wedelnd, auf ihn zu.

«Der Tee ist gleich fertig», sagte er abwehrend und drehte sich um. Es war besser, wenn sie jetzt wieder aus der Küche verschwand. Aber sie lehnte sich an die Anrichte.

Er drehte ihr wieder den Rücken zu, aus Angst, dass sie sehen könnte, was ein Mann der alten Schule einem jungen Mädchen nicht gern zeigte, aus Angst auch, dass sie ihm seine idiotische Verliebtheit an der Nasenspitze ansehen könnte, und fing an, hin und her zu räumen. Er ergriff den Pfeifkessel – warum wollte dieses Dreckswasser nicht schneller kochen? –, schüttete einen Teil des Inhalts in den Ausguss, holte die Beutel aus der Teekanne, füllte die noch halb volle Zuckerdose mit einem Paket Kandis aus dem Küchenschrank nach und hängte die Teebeutel wieder in die Kanne.

Warum stand sie da und schwieg? Er nahm den Kessel wieder vom Herd und goss einen großen Schwung fast kochenden Wassers neben die Teekanne.

«Verdammt!» Im Zurückspringen, um die siedenden Tropfen nicht auf die Schuhe zu bekommen, stellte er den Kessel schwungvoll auf den Herd zurück und sah sich um.

Sie betrachtete ihn auf die nachdenkliche Art, wie sie es in den vergangenen Tagen öfter getan hatte, als ob sie quer durch ihn hindurch etwas anderes wahrnähme, etwas, was den Beginn eines Lächelns hervorrief. Das Geklecker auf der Anrichte sah sie nicht, seine Ungeschicktheit schien sie nicht zu bemerken. Sie stand einfach still in dieser großen braunen Hose mit dem engen schwarzen Oberteil und sah ihn an.

«Ruben …», sagte sie leise.

Von einer aus dem Nichts entstandenen Welle wurde die *Knurrhahn* hochgehoben und mitgerissen.

Er machte einen Schritt auf sie zu, strich ihre roten Haare auf einer Seite hinters Ohr, nahm ihr Gesicht zwischen die Hände und küsste sie auf die Lippen. Ihr weicher Mund. Die zarten Kiefer. Die Jochbeine mit der sommersprossigen Haut zwischen seinen Fingern.

«Ich weiß nicht, was ich sagen soll», sagte er heiser.

«Du musst nichts sagen», sagte sie und legte ihm die Arme um den Hals.

Er küsste sie wieder, blieb aber, von der Situation viel zu sehr überrumpelt, in einer keuschen Umarmung stehen, wobei er nur ihre Schultern leicht an sich drückte. Danach fing er an, ihren Rücken zu streicheln, und zog sie näher an sich, aber erst als seine Hände unten an ihrem Pullover nur noch die dünne Baumwolle ihrer Unterhose spürten, weil die Hose von selbst von ihren Hüften geglitten und irgendwo halbwegs zwischen ihnen hängen geblieben war, verlor er seine Scheu und presste sie an sich.

Nicht auf dem Bett, hatte er noch gedacht. Nicht auf dem Bett, an dem Inas Pilzkimono hing und ihr Wollschweinchen an einem Gitterstab befestigt war. Aber ein anderes Bett gab es nicht, und als er mit Bente dort lag, hätte es ebenso gut eine Grasfläche sein können, eine beliebige Strohmatratze oder eine Wolke. Und auch er selbst war ein anderer als der Mann, der hier normalerweise lag. Ein Mann, der nie zuvor gesagte Dinge gegen den Hals einer Frau flüsterte, einer Frau, die anders roch, sich anders anfühlte und auf eine Schwindel erregend andere Weise seinen Hals und seine Schultern streichelte. Eine Frau, die einen BH mit hellblauem Rand trug, weshalb er begann, die Haut darüber zu küssen, Zentimeter um Zentimeter. Eine Frau mit rotem Schamhaar unter einem kieselweißen Bauch. Eine Frau, bei der er sich wie ein Löwe fühlte, ein alter Löwe, von der jüngsten Löwin der Truppe erwählt, auserwählt vor allen anderen jüngeren Männchen, die sich ihr näherten, einer Löwin, die sich geschmeidig seinem Körper fügte, bis er rasch jede Identität verlor, mit ihr in große Höhen stieg und anschließend niedertaumelte in eine träge Leere.

Eine Zeit lang lag er schweigend mit ihr in den Armen, von den Ereignissen noch zu benommen, um etwas zu sagen. Dann geschah etwas, was er nicht für möglich gehalten hätte: Alles begann wieder von vorne. Durch ihre Bewegungen an seiner Seite entfachte sie ein Feuer, das offensichtlich noch nicht erloschen war, und zum zweiten Mal war er imstande, das Spiel mit ihr zu spielen, mühelos sogar, als ob er physisch tatsächlich wieder sechzehn geworden wäre. Es erfüllte ihn mit Stolz, jawohl; und wenn das ein Machogefühl war, wollte er für den Rest seines Lebens gerne Macho bleiben.

Aber beim zweiten Mal tat er alles viel andächtiger. Diesmal sah er auf ihr Gesicht, ihre geschlossenen Augen, ihren halb offenen rosa Mund. Er setzte seine Küsse gezielter und hörte mit wachsender Rührung, wie ihr Atem stockender wurde und ihre Laute singend. Es war eine Rührung – dessen war er sich scharf bewusst –, die mit seinem Alter zu tun hatte. Niemals würde ein junger Mann die Hingabe einer Frau so anbetungswürdig finden können, so unsagbar und unaussprechbar lieb. Ebenso wenig wie ein junger Mann auf dem Höhepunkt denken würde: Jetzt sollte mich am besten der Schlag treffen.

Aber er bekam keinen Herzanfall, und wieder sanken sie beide in eine tiefe Entspannung ohne Worte. Bente rollte sich zusammen, legte ihren Kopf auf seine Schulter, eine Hand auf seine Brust, schlang ein Bein um seine Oberschenkel und schlummerte ein. Er betrachtete ihren Arm, von außen gesprenkelt, von innen weiß, das rote Haar auf seiner Schulter, die elegante Nase ganz nah, streichelte und küsste sie noch ein bisschen, schloss aber dann auch die Augen für einen Moment, nur kurz, er wollte nicht einschlafen.

Es war dann auch kein wirklicher Traum, den er kurz darauf hatte, sondern ein halluzinierendes Gefühl im Halbschlaf. Er schwamm in einem tropischen Meer und war mittels eines albernen kleinen Schnorchels mit der Welt über Wasser verbunden. Algen schwangen ringsumher, Fische tauchten auf und verschwanden wieder, Anemonen öffneten und schlossen sich im Rhythmus eines verzögerten Herzschlags. Er hatte Bente noch im Arm, sie schwammen zusammen. Wie eine Meerjungfrau glitt sie durch das Wasser und zog ihn mit. In der Ferne schimmerte eine Lichtung im Grün, ein bezaubernder Ort, von einem Licht erhellt, das vom Mond zu stammen schien. Er war sehr wehmütig und wusste, dass er dort nicht hinschwimmen konnte, dass er sie loslassen musste, und das tat er auch. Sie sah sich nicht um, als seine Hände von ihr abglitten. Sie schwamm, als ob sie es sehr eilig hätte, ihre Haare wehten wie Algen hinter ihr her.

Er wurde wach, weil sie sich aufgesetzt hatte, umfasste ihre Taille und zog sie wieder zu sich.

«Liebste», sagte er, «meine Allerliebste.»

«Weißt du, dass es schon halb fünf ist?», fragte sie. «Ich muss gehen! In einer Stunde ist es dunkel.»

Das war ein Dämpfer. Die Alltagswirklichkeit war als unliebsame Dritte unter die Bettdecke gekrochen.

«Bleib doch einfach hier.»

«Das geht nicht.»

Warum nicht, lag ihm auf den Lippen, aber er fragte es nicht. Nicht jetzt. Die Antwort wäre wahrscheinlich gewesen: «Mein Mann, mein Freund ...», und das konnte er in diesem Augenblick nicht ertragen, wo sie noch so dicht bei ihm war. Er küsste ihren Hals und ihr Ohr.

«Ich würde gerne noch stundenlang so mit dir liegen bleiben.»

«Ich auch», sagte sie, «aber es geht nicht.» Sie blieb aber noch einen Augenblick in seiner Umarmung liegen und streichelte seinen Hals. Mit den Fingern rieb sie ein paar Mal über sein Kinn. Es gab ein leicht kratzendes Geräusch.

«Bin ich auch gut genug rasiert?»

«Ja, das lassen wir durchgehen.»

«Denn du hast eine so zarte Haut», sagte er verliebt.

Sie lachte, küsste ihn, machte sich aus seiner Umarmung los und setzte sich wieder auf. Sie sammelte ihre Kleidungsstücke neben dem Bett ein. Die kleinen mädchenhaften Brüste verschwanden im BH mit dem blauen Rand. Sie zog ihren Slip an.

«Bente», sagte er, sich gleichfalls aufsetzend, «findest du es nicht komisch, dass du so plötzlich mit mir im Bett gelandet bist?»

Mit dem Pullover schon in der Hand sah sie ihn an. Dann streifte sie den Pulli über den Kopf, zog ihre Haare darunter hervor und sagte: «Nein, eigentlich nicht.»

Ohne nähere Erklärung ging sie barfuß ins WC, und kurz darauf hörte er sie durch die geschlossene Tür pinkeln. Er stand auf und zog sich ebenfalls an. Was meinte sie mit: «Nein, eigentlich nicht»? Dass es ganz normal war, mit jemandem ins Bett zu gehen, wenn die Situation es zuließ? War das heutzutage so? Sie schien nicht so ein Typ zu sein, andrerseits – was wusste er schon von den sexuellen Gewohnheiten der jungen Frauen von heute? Sie fand ihn vielleicht «interessant» oder war vielleicht einfach neugierig gewesen, wie es mit einem um mindestens dreißig Jahre älteren Mann war. Oder wollte sie damit sagen, dass ihm sein Begehren von Anfang an so deutlich ins Gesicht geschrieben stand, dass es sie überhaupt nicht wunderte, dass es schließlich so gekommen war?

Bente kam wieder zum Vorschein.

«Mal sehen, ob meine Hose trocken ist», sagte sie und ging in den Wohnraum.

Nein, das meinte sie nicht, dachte er. Sie war zwar wortkarg, aber vielleicht verstand sie die Dinge besser als er. Vielleicht lag diesem «Nein, eigentlich nicht» die Einsicht zugrunde, dass die Dinge zwangsläufig so hatten kommen müssen. Vielleicht ging sie ja von einer … einer Schicksalhaftigkeit aus, einer Unvermeidlichkeit, die sie zusammengebracht hatte und schließlich zu nichts anderem als dem Bett hatte führen können. Möglich, dass Frauen solche Dinge anders empfanden als Männer.

Sie stand in der Küche, trank Wasser und hatte zu seinem Erschrecken nicht nur ihre Hose und Socken, sondern auch die Jacke schon wieder an.

«Du trinkst doch noch schnell einen Tee?»

Sie schüttelte den Kopf. «Ich muss los. Ich will nicht von der Dunkelheit überfallen werden. Dafür ist das Eis jetzt doch schon ein bisschen zu gefährlich.»

«Oh, Mist», sagte er verstört. Natürlich sollte sie nicht in der Dunkelheit auf dem Eis sein, aber ließ sie ihn jetzt einfach so im Stich? «Wie kannst du es bloß auf einmal so eilig haben, so effizient sein? Du bist ... Wir waren gerade im Bett miteinander!»

Sie ging zu ihm und legte ihm die Arme um den Hals.

«Ja, und dann haben wir die Zeit verschlafen», sagte sie und gab ihm einen Kuss.

«Ich möchte dich noch so viel fragen», sagte er, die Arme um sie geschlungen.

Es waren die letzten Minuten. Gleich war sie weg und er auf niederschmetternde Art und Weise wieder allein.

«Ich weiß noch kaum etwas von dir.»

«Morgen versuche ich, früher zu kommen», sagte sie und machte sich bereits vorsichtig los. «Dann können wir reden.»

Morgen. Sie ging immer davon aus, dass sie morgen wiederkäme.

«Kann ich dich heute Abend anrufen?», fragte er. «Oder gleich nachher, wenn du zu Hause bist? Gibst du mir deine Telefonnummer?»

Sie sah ihn einen Augenblick lang zweifelnd an.

«Das geht nicht», sagte sie dann ernst, mit so etwas wie Verlegenheit. «Du kannst mich nicht anrufen.»

Eine heftige Eifersucht auf ihren Mann oder Freund verdüsterte ihm den Geist, aber er durfte jetzt nicht unredlich sein. Was glaubte er denn? Dass sie alle Brücken zu wem auch immer hinter sich abbrechen würde? Vielleicht bei ihm einziehen würde oder so etwas? Besitzergreifendes Verhalten war bestimmt nicht angebracht.

«Man kann dich nur anfunken, was?», sagte er. «Rufst

du *mich* dann an, wenn es geht? Du hast doch noch meine Nummer?»

«Ja», sagte sie zögernd. «Vielleicht, aber ich kann es nicht versprechen.»

«Versuch es», sagte er eindringlich. «Damit ich heute Abend noch deine Stimme höre.»

«Ja», sagte sie. Sie strich ihm mit der Hand übers Gesicht und sah ihm in die Augen, als ob sie ihn zum ersten Mal wirklich sähe. Dann drehte sie sich um, hob ihre Schlittschuhstiefel hoch, stieg den Niedergang hinauf und setzte sich auf die Gangway, um sie anzuziehen.

«Sind sie jetzt trocken?», fragte er.

«Ja», sagte sie, aber er sah am Leder, dass sie noch ein bisschen feucht waren.

«Kalt ist es nicht.»

«Nein, überhaupt nicht.»

Als wäre es bloß Einbildung gewesen, dass sie vor kaum einer Viertelstunde in seinen Armen gelegen hatte. Wie fandst du es bei mir, hätte er gern gefragt. Was bedeute ich dir, und wie soll es jetzt weitergehen?

«Wo wohnst du eigentlich?», fragte er, während sie zu der Stelle gingen, von der aus sie immer aufs Eis glitt.

«Ziemlich weit weg», sagte sie. «Siehst du den Sendemast dort? An dem muss ich vorbei, aber dann bin ich erst halbwegs da.»

Er sah in die angegebene Richtung. Warum nannte sie ihm nicht einfach ihren Wohnort?

«Tschüs», sagte sie, plötzlich wieder ein bisschen verlegen, und gab ihm einen Kuss auf die Wange. Er umschlang sie mit den Armen, zog sie an sich und küsste sie. Dass er das jetzt so einfach tun konnte! Gestern noch war er so brav gewesen. Sie strich ihm mit der behandschuhten Hand übers Haar. Ruf mich bitte an, lag ihm auf den Lippen, aber betteln wollte er nicht, und er schluckte es herunter.

«Du bist die liebste Eisläuferin auf der westlichen Halbkugel», sagte er stattdessen. Es kam etwas heiser und verlegen heraus.

Sie lachte, trat vom Betonrand aufs Eis, zog die Kufenschützer ab und fuhr los. Er erwartete, dass sie sich nun doch einmal umdrehen würde, aber sie tat es ebenso wenig wie die vorigen Male. Mit langen geraden Schwüngen, eine Wasserspur hinter sich herziehend, fuhr sie von ihm fort. Schwenks brauchte sie keine mehr zu machen, die Buckel und Unebenheiten waren geschmolzen. Sie lief mit einer Kraft und Geschwindigkeit, als ob es für sie nichts anderes mehr gäbe als Eisflächen, die überwunden werden mussten. Als ob sie, sobald ihre Kufen Eis unter sich fühlten, einem Naturgesetz gehorchen müsste, das Eislaufen hieß und das wenig zu tun hatte mit dem, was andere Menschen aufs Eis lockte. Sie fuhr nach Westen, auf die tief stehende Sonne zu, und je winziger ihre Figur vor dem roten Himmel wurde, desto mehr bekam er das Gefühl, dass sie gar nicht zu einer Wohnung unterwegs war, in der sie vor Dunkelheit ankommen wollte, zu einem Freund, der auf sie wartete, sondern dass sie endlos so weiterlaufen würde, der Sonne folgend, ohne Rast, ohne Müdigkeit, hin zu Orten, deren Existenz er nicht kannte, über Eisflächen, die über seinen Verstand gingen, außerhalb von Raum und außerhalb von Zeit.

Es war still auf seiner Insel. Er sah sich um und sah

verschiedene Krähen in den Bäumen sitzen, aber sie rührten sich nicht und machten kein Geräusch. Und plötzlich hatte er das Gefühl, dass er die Welt nicht kannte, dass alles anders war, als er bisher wahrgenommen hatte, dass außerhalb dieser Insel eine Welt lag, in die er achtundfünfzig Jahre lang noch keinen Fuß gesetzt hatte.

Als er wieder an Bord kam, nahm er den Spiegel auf dem Vordeck und besah sich selbst darin. Dies war das Gesicht, das Bente angeschaut hatte. Diese grauen Haarstoppeln hatte sie gestreichelt, diese Falten hatten an ihrer sommersprossigen Haut entlanggestrichen, und an diesen alles andere als perfekten Zähnen war ihre Zungenspitze entlanggeglitten. Seine Augen wirkten anders als sonst – waren die Pupillen vielleicht dauerhaft vergrößert, obwohl das Reizobjekt schon längst außer Sicht war? –, und sein Mund war leicht geschwollen. Ein Gefühl, das er vor Jahrzehnten zuletzt gehabt hatte. Mit den Fingern an die Lippen tippend, als ob sie über ein delikates Geheimnis Schweigen bewahren müssten, ging er hinein.

Das Schiffsinnere sah aus wie entseelt. Neben dem Ofen stand ein Stuhl, ohne Hose darüber, und ein leeres Beistelltischchen. Auf einem anderen Stuhl lag der *Daily Mirror* – noch nicht bezahlt, schoss ihm durch den Kopf. Das blaue Licht des Bildschirms gehörte einer Vergangenheit an, in der er mit Übersetzen beschäftigt gewesen war, ein Buch über Fische. In der Küche standen zwei unangerührte Gläser mit einem Fingerbreit Rum darin auf einer nassen Anrichte. Eine Teekanne ohne Deckel wartete noch immer auf kochendes Wasser.

Er ging zu seinem Bett, über dessen Fußende die Cordsamthose lag, ergriff sie und drückte sein Gesicht hinein, aber es war keine Spur von Bentes Geruch drin hängen geblieben, die Hose roch normal nach Waschmittel. Trotzdem faltete er das Kleidungsstück zusammen und drückte es an die Brust. Er setzte sich aufs Bett und roch an den Laken. Sein eigener vertrauter Bettgeruch; die paar klebrigen Flecken mussten Sperma sein. Schließlich öffnete er seine Hose, beugte sich tief herunter zu seinem Geschlecht und atmete den Geruch ein. Und ja, da war noch eine Spur von dem austernartigen Fluidum, das die Frau, die in diesem Augenblick immer weiter weg fuhr, ihm zur Erinnerung hinterlassen hatte. Er atmete tief ein und starrte eine Zeit lang vor sich hin.

«Ruben …» war alles, was sie hatte sagen müssen, das Mädchen in der weiten Clownshose und dem schwarzen Pulli. «Ruben …», und hatte damit eine Erschütterung in ihm ausgelöst, eine närrische, glückselige Erschütterung, die ihn an den Rand eines Abgrunds geführt hatte, ein Entzücken, als ob er für einige Augenblicke ins gähnende Maul der Zeit selbst hätte schauen können. Noch nie zuvor hatte er eine Frau so sehr begehrt, und noch nie zuvor hatte ihn die Erfüllung dieses Begehrens so aus der Fassung gebracht. Deshalb hatte er gedacht: Jetzt sollte mich am besten der Schlag treffen; wegen dieses Gefühls, an das Unsagbare gerührt zu haben, an das, was sich ein Leben lang verborgen hält und sich höchstens ab und zu erahnen lässt und bei dem er die Hoffnung, es könne sich *ihm* noch einmal offenbaren, längst aufgegeben hatte. Schriftsteller und Philosophen versuchten, mit großen Worten in dessen Nähe zu kommen, meist vergeblich, und ein ärmlich angezogenes, mageres rothaariges Mädchen mit einer schiefen Nase kannte sein Geheimnis.

«Hi, Ruben», sagte Ina mit vor Aufregung hoher Stimme.

Erst vor einer Viertelstunde hatte er das Telefon wieder eingeschaltet und sich schon auf die Unruhe gefasst gemacht, die seine stundenlange Unerreichbarkeit bei Ina vermutlich ausgelöst hatte. Ihre größte Angst war, er könne allein irgendwo hilflos mit gebrochenen Gliedern liegen, in ein Kaninchenloch getreten oder von der Treppe in den Maschinenraum gestürzt sein. Er hatte schon eine Ausrede parat, aber sie sprach sofort weiter: «Tut mir Leid, dass ich dich nicht früher angerufen habe! Aber hier ist das reinste Irrenhaus heute! Hast du es etwa schon bei mir versucht?»

«Ich, äh ...»

«Du bist natürlich nicht durchgekommen! Alle Leitungen waren hier die ganze Zeit besetzt. Weißt du, was heute Morgen im *Telegraaf* gestanden hat?»

«Nein», sagte er, und seine Spannung löste sich. Was auch immer im *Telegraaf* gestanden hatte – es betraf Inas Büro, war der Grund dafür, dass sie sich so aufregte, und hatte sie den ganzen Tag beschäftigt. Er war gerettet.

«Wir sollen hier betrügerische Bilanzen gebilligt haben!», rief Ina. «Und noch dazu von sehr vielen Betrieben! Stell dir vor, Buskes & Boonstengel zum Beispiel – in einen Betrug verwickelt! Unsre Direktoren hier haben Schaum vor dem Mund. Der alte Herr Boonstengel, er kann fast nicht mehr laufen, ist heute Nachmittag bereits mit dem Taxi aus Aerdenhout gekommen ...»

Er saß mit dem Telefon an seinem Arbeitstisch, starrte

in der sinkenden Finsternis auf die Lichter des Sendemasts und lauschte der Geschichte, die seine Frau erzählte. Weit von hier weg, in einer lebhaften Stadt voller geschäftlicher und finanzieller Transaktionen, wurde ein renommiertes Rechnungsprüferbüro der Beihilfe zum Betrug bezichtigt. Alles nur üble Nachrede und frei erfunden, nichts als Rachsucht dieses Journalisten, der im vergangenen Jahr mit Van Heringa aneinander geraten war, du weißt doch noch, dieser Konflikt damals, aber solche Anschuldigungen beschmutzten den guten Namen, und die Direktion erwog bereits eine Klage wegen Verleumdung.

Seine Frau war über diese Affäre ganz aufgeregt, das konnte er gut verstehen. Er gab passende Antworten. Dreimal stellte er sogar eine sinnvolle Frage, worauf Ina lange Antworten formulierte. Es war ein informatives Gespräch.

Der Übergang zu seinen Erlebnissen glückte ihr nicht so recht.

«Hast du die Küstenwache schon angerufen?», wollte sie allerdings wissen.

«Noch nicht.»

«Ja, das dachte ich mir schon», rief sie munter. «Was wirst du heute Abend essen?»

«Kichererbsen.»

«Und was machen die Krähen?»

«Führen Krieg gegen die Eichelhäher.»

Sie lachte. Gab es sonst noch etwas Neues? Nein. Rief er sie heute Abend noch an, so um halb zehn? Das versprach er.

Er legte das Telefon nieder, streckte die Beine quer

über die Papiere auf dem Schreibtisch aus und starrte weiter in die Ferne.

The Daily Mirror berichtete über die homosexuellen Eskapaden eines Unterhausmitglieds, über eine Jagd, bei der die Jagdgegner Fuchsattrappen mit Fuchsgeruch besprüht und ausgelegt hatten, über einen Prozess in Liverpool gegen einen Mann, der seine drei Schwestern umgebracht hatte, über die neuesten Skandale im englischen Königshaus natürlich und über die feinen Schneider in der Savile Row, die sich ausdrücklich von den apfelgrünen und zyklamenroten Anzügen eines ghanesischen Newcomers zu distanzieren wünschten.

Es war sicher zwanzig Jahre her, dass er ein Exemplar des *Daily Mirror* durchgeblättert hatte – warum sollte man diese Zeitung lesen? –, aber allein die Tatsache, dass Bente sie ausgesucht hatte, verlieh dem Blatt neuen Glanz. Warum nahm jemand, der den *Volkskrant* nicht bekommen konnte, dann den *Daily Mirror*? Das musste er sie morgen fragen, oder nachher, wenn sie anrief.

Die Zeitung reservierte sogar eine halbe Seite für *«Science today»*. Eine kleine Überschrift *«Fossile fish nothing to do with developing limbs»* erregte seine Aufmerksamkeit.

Die seit Jahrzehnten geltende Ansicht, die so genannten *Sarcopterygii*, zu denen die heutigen Lungenfische und die seltenen *Coelacanthini* zählen, seien die Vorläufer aller Landtiere gewesen, konnte als überholt betrachtet werden, so der Bericht. Aus dem in Neu-Südwales ausgegrabenen tadellosen Skelett eines Vertreters dieser Gruppe, dem *Gooloogongia loomes,* ging hervor, dass dieser Fisch bis auf das Schädeldach und die Nasenlöcher keinerlei Verwandtschaft mit den heutigen Vierbeinern aufwies. Deshalb sprach auch nichts für ihre Vorfahrenschaft, behauptete eine Anzahl führender Paläontologen. Wahrscheinlich konnte man hier nur von *convergent evolution* sprechen, von ähnlichen Entwicklungsstrukturen, aber unabhängig voneinander entstanden. Besagte Gruppe von Fischen konnte demnach nicht mehr länger dazu dienen, die Entstehung von Gliedmaßen bei den Vierfüßlern zu studieren, lautete die Quintessenz.

Er starrte nach dem blauen Fenster des Monitors. Niemals erzählte er Leuten über den Fisch, der seines Vaters Leben beherrscht hatte. Und selten stand etwas über dieses Tier in einer normalen Zeitung, schon gar nicht in einem Sensationsblatt. Und nun, einen Tag nachdem er Bente so ausführlich wie nie zuvor die Geschichte seines Vaters erzählt hatte, beschaffte sie ihm in einer Zeitung, die er sich nicht gewünscht hatte, diesen Bericht. Man konnte fast glauben, sie habe es absichtlich getan! Hatte ihr dieser Funkerkollege – ein Engländer? – vielleicht den Hinweis gegeben, dass im *Daily Mirror* etwas über den seltenen Fisch stand?

Und musste man den Bericht jetzt als posthumen Nackenschlag für seinen Vater betrachten oder nicht? Nein. Sein Vater war dem Coelacanth nicht nachgejagt, weil dieser Fisch ein Wegbereiter für die Landtiere gewesen war, sondern weil er angeblich schon vor siebzig Millionen Jahren ausgestorben war. Das lebende paläontologische Wundertier, das Fabelwesen, das hatte er besitzen wollen. Dass das Tier jetzt nach neuesten Erkenntnissen eine andere Rolle in der Evolution spielte, änderte daran nichts.

Und doch versetzte ihm der Bericht einen leisen Stich. Wenn jetzt auch noch der evolutionäre Wert dieser Art bezweifelt wurde, erschien die Leidenschaft seines Vaters umso lächerlicher. Aber wieso denn lächerlich – wer hatte gestern noch von «Größe» geredet?

Um halb neun klingelte das Telefon. Ihm stockte der Atem, das Herz schlug ihm bis zum Hals. Aber es war seine Schwester. Mit ihr hatte er wenig Kontakt; offenbar meinte sie aber in diesen Tagen, sie müsse Anteilnahme an seiner bedrängten Lage zeigen, denn es war schon das dritte Mal, dass sie anrief. Sie sprach von «noch ein kleines bisschen durchhalten», von «Ende gut, alles gut» und von «unbedingt mal essen kommen, wenn du wieder zu Hause bist». Es kostete ihn Mühe, freundlich, ja überhaupt nur höflich zu bleiben.

Um halb zehn rief er Ina an und sprach mit ihr über die Betrugsaffäre und über Neuigkeiten, die er sich aus den Radionachrichten um sechs Uhr gemerkt hatte. Dann setzte er sich an den Schreibtisch und versuchte zu übersetzen.

Um halb elf zog er seine Jacke an, steckte das Telefon ein und ging nach draußen. Der Mond verbarg sich hinter dichter Bewölkung; behutsam, um nicht über das unebene Gelände zu stolpern, ging er ein Stück weit in die stockfinstere Insel hinein und betrachtete eine Weile von fern das erleuchtete Boot, als könne der Blick auf seine Behausung, in der er jetzt nicht war, aber eigentlich sein müsste, etwas Klarheit in die Verwirrung bringen, in der er sich befand. Als ob hinter den erleuchteten Fenstern die Schatten von Bente und ihm selbst sichtbar würden und als ob er aufgrund dieser Tatsache zu einer Analyse ihres gemeinsamen Verhaltens kommen könnte. Es klärte sich nichts. Er wusste nicht, wie alles so gekommen war, und schon gar nicht, wie es jetzt weitergehen sollte, aber er hatte das Gefühl, dass Bente es wohl wusste und dass dies die Hauptsache war.

Dort, irgendwo auf dem anderen Ufer, in einem weiten dunklen Raum, der ab und zu vom Fernlicht eines Autoscheinwerfers durchbohrt wurde, saß sie in einem Zimmer, lag sie auf einem Bett oder sandte sie Morsesignale durch den Äther, wahrscheinlich in Gesellschaft eines Mannes, der von Rubens Existenz nichts wusste. Er fühlte sich einsamer als in all den Wochen vorher. Damals war er tot, vergessen und abgeschrieben gewesen; ein taubes, abstumpfendes, aber schmerzloses Gefühl. Jetzt war er springlebendig und allein gelassen.

Es wurde ihm kalt, aber er blieb stehen. Ina tauchte ab und zu in seinen Gedanken auf, aber nicht lange, so wie man sich schnell von jemandem abwendet, der hinter einer dicken Glaswand steht und ruft, weil man ihn ja doch nicht verstehen kann. Manchmal kicherten die Krähen in den Bäumen, und er hörte in der Stille, wenn sie ihre Füße auf den Zweigen verschoben. Erst gegen halb zwölf ging er, durchgefroren bis auf die Knochen, ins Schiff zurück.

Um vier Uhr wurde er wach, knipste das Bettlämpchen an und ging pinkeln. Als er zurückkam, fing sein Herz wild an zu schlagen. Dort in seinem Bett lag Bente! Das Lämpchen beschien die zarten Umrisse ihres schlafenden, bewegungslosen Körpers.

Es dauerte wohl drei Sekunden, bevor er sah, dass es die unordentlich zur Seite geschobenen Decken waren, die sich in zierlicher Embryonalhaltung auf der Matratze krümmten, und eine große Mattigkeit überkam ihn.

7

«TEMPERATUREN ANSTEIGEND, von neun Grad im Norden und Osten des Landes bis zwölf Grad im Westen», meldete der Nachrichtensprecher durch das Pfeifen des Radios hindurch.

Zwölf Grad! Er wollte es nicht hören, machte das Radio aus, stellte sich vor ein Fenster und sah übers Eis. Es wurde gerade hell, den Zustand des Eises konnte man im grauen Morgenlicht noch nicht beurteilen.

Er rasierte sich sorgfältig, holte sogar das teure Aftershave heraus, das ihm mal geschenkt worden war und das er noch nie benutzt hatte, und betupfte sich damit Kinn und Wangen. Aufpassen vor dem Schürzenjäger-Effekt, Saarloos!, ermahnte er sich, aber wenn man das Zeug am frühen Morgen auf die Haut tat, war nachmittags wahrscheinlich nur noch ein schwacher Anflug davon zu spüren.

Anziehen, frühstücken, Morgenspaziergang. Es herrschte wenig Wind, die Insel war so still wie noch nie. Die Krähen krächzten nicht und saßen friedlich in den Bäumen, die Eichelhäher ließen sich nirgends blicken, Kaninchen hoppelten unschuldig zwischen den Sträuchern herum, eine hellgelbe heitere Sonne stand im Osten über dem Horizont. Alles schien abzuwarten.

Er fühlte sich jung und stark und männlich.

Je höher die Sonne stieg, desto besser konnte man durchs Fenster sehen, wie frühlingshaft es draußen wurde. Gegen halb elf stieg er aufs Achterdeck. Das Thermometer gab vierzehn Grad an, aber es hing in diesem Augenblick in der prallen Sonne und war daher nicht zuverlässig. Er verstaute noch ein paar Holzblöcke, hackte ein paar dünne Äste klein, aber er hatte keine Lust, sich in Schweiß zu arbeiten. Auf dem Vordeck setzte er sich auf eine Kiste in die Sonne. Ein Hubschrauber flog in der Ferne vorbei, sein Geräusch war nicht zu hören. Neben dem Boot waren fünf oder sechs Krähen damit beschäftigt, sich einen hellblauen Plastikfetzen zu entreißen, ein Stück von dem Abfallsack, in den er seine leeren, ineinander gedrückten Konservendosen warf. Er saß gut auf dieser Kiste, durch die Kajüte vor dem Wind geschützt, das Gesicht in der Sonne. Noch vor einer Woche hätte er Gott auf den Knien für so ein Wetter gedankt.

Er nickte ein bisschen ein. Der Schlafmangel von heute Nacht machte sich bemerkbar.

Nach einiger Zeit schien es, als würde in der Ferne ein Geräusch anschwellen, ein undeutliches Grollen wie von einem nahenden Gewitter, aber dafür wieder zu gleichmäßig und zu anhaltend. Anfangs blieb der Lärm am Rand seines Bewusstseins hängen, und wenn er ihn überhaupt deutete, dann als etwas, das in seinem Kopf, in seiner Einbildung bestand, aber es wurde allmählich lauter, realer und damit auch bedrohlicher.

Mit einem Ruck erwachte er und sah um sich herum. Der Hubschrauber? Der war in nördlicher Richtung verschwunden und nirgends mehr zu sehen. Das Geräusch kam von hinten. Er sprang auf, schaute über das Kajütendach und erstarrte.

Da, ungefähr zwei Kilometer von ihm entfernt, kam ein Eisbrecher durch die See! Ein kleines, aber zweifellos bärenstarkes Schiff mit auffallend großem Bug, das eine dunkle Rinne voller Eisschollen hinter sich ließ. In dieser Rinne fuhr ein zweites Boot, ein offenes Motorboot mit nur einem Mann Besatzung, soweit man aus der Entfernung erkennen konnte.

Das Herz schlug ihm vor Zorn bis zum Hals. Verdammt nochmal, sie machten das Eis kaputt! Zwar kamen sie von steuerbord angefahren und Bente kam immer von backbord, aber was hatten sie vor? Direkt bis zu ihm konnten sie nicht vordringen, dafür hatte der Eisbrecher zu viel Tiefgang, und wenn sie noch ein Stück weiterfuhren, zerstörten sie den Zugang zur Insel vollends.

Unwillkürlich versteckte er sich hinter dem Kajütenaufbau, als ob er nicht zu Hause wäre, und starrte gespannt, mit den Händen am Türgriff, auf den nahenden Verwüster. Ungefähr einen Kilometer von ihm entfernt nahm das Boot die Fahrt zurück und lag kurz darauf still, mit dem Motorboot im Kielwasser. Beide Schiffe lagen jetzt dem Schiff genau gegenüber, man sah auf dem Eisbrecher jemanden herumgehen, dem Mann im Motorboot Zeichen geben und danach wieder im Steuerhaus verschwinden.

In diesem Augenblick klingelte das Telefon. Bente?

«Saarloos.»

«Guten Tag, Herr Saarloos», sagte eine joviale Stimme, «hier spricht Bertelink von der Küstenwache IJsselmeer. Sind Sie gerade an Bord Ihres Schiffes?»

«Ja», sagte er und schlüpfte gebückt in die Kajüte hinunter.

«Dann haben Sie uns schon gesehen, nehm ich mal an. Wir liegen direkt vor Ihnen!»

«Ja, ich sehe Sie», sagte er. Es war zwecklos, das zu leugnen.

«Wir versuchen, zu Ihnen durchzustoßen!», rief der Mann. «Was halten Sie davon?»

«Zu mir? Jetzt?»

«Ja, jetzt. Mit dem Eisbrecher geht es nicht, aber wir haben eine Art, äh ... Mini-Panzerdino mitgebracht ...»

Im Hintergrund hörte man Gelächter.

«... und mein Kollege versucht, ob er damit durchkommt. Das Eis ist schon ziemlich brüchig, weiter hinten treiben ganze Schollen. Wir versprechen nichts, werden aber unser Bestes tun.»

«Ja, aber ich ...»

Was konnte er dagegen sagen? Dass ihm die Rettung ungelegen kam? Dass sie nächste Woche wiederkommen sollten?

«Wenn Sie zwischenzeitlich schon mal den Motor warm laufen lassen, könnten Sie versuchen, von Ihrer Seite ein Stück weit vorzustoßen.»

«Dann mach ich mein Schiff kaputt», wehrte er ab.

«Um Gottes willen, das wäre wohl das Letzte», sagte

Bertelink. «Was nicht geht, geht nicht. Aber vielleicht probieren Sie es mal ganz vorsichtig.»

«Hmm.»

«Und notieren Sie doch eben unsere Telefonnummer, dann können Sie uns anrufen, wenn es sein muss.»

Mechanisch schrieb er die Nummer auf, sagte dann, dass er den Motor anlassen würde, und legte auf.

Durch das Fenster sah er, wie das kleine Motorboot bereits mit dem Angriff auf die Eisdecke begann. Es musste ein Boot mit massiv verstärktem Bug sein, tatsächlich ein kleines Panzerschiff, und mit ziemlich kräftigem Motor, den man bis hierher jaulen hörte. Wie ein giftiger kleiner Terrier ging es auf die graue Masse los, verbiss sich darin, ruckte und stieß, brach Ecken und Scherben aus dem Eis, nahm hin und wieder Gas weg und kehrte mit neuer Angriffslust zurück. Schon nach wenigen Minuten war die Rinne des Eisbrechers deutlich verlängert. Es würde gelingen.

Eine leichte Panik überfiel ihn. Im Geist sah er Bente, die die Route wie ihre Westentasche kannte und daher unaufmerksam war, wie sie die Rinne zu spät bemerkte und Hals über Kopf in das eiskalte Wasser stürzte. Oder die Zerschlagung des Eises verursachte so viele Risse, dass ein heimtückisch mäandernder Spalt ihr schon weit vor dem offenen Wasser zum Verhängnis wurde.

Am schlimmsten war, dass er ihre Telefonnummer nicht hatte.

Automatisch öffnete er die Luke des Maschinenraums, weil er es nun mal angekündigt hatte, blieb aber oben am Niedergang stehen und sah zum Eisbrecher hinüber. Was konnte er in Gottes Namen noch tun? Die Leute hier die Fahrrinne frei machen lassen und dann sagen: «Danke, meine Herren, aber ich bleibe noch, ich bekomme nämlich heute Nachmittag Besuch»?

Er stieg in den Maschinenraum hinunter und beschäftigte sich eine Weile damit, den Motor in Gang zu kriegen. Als er wieder nach oben ging, war das kleine Motorboot ein gutes Stück vorangekommen.

Er musste jetzt in Ruhe nachdenken.

Er setzte sich an den Schreibtisch, nahm Papier und Stift und schrieb «Liebste Bente!» darauf. Dieses Blatt knüllte er zusammen und schrieb auf ein neues: «Bente, ich werde plötzlich von der Küstenwache abgeholt. Ruf mich bitte an! Ich habe deine Nummer nicht. Ruben.» Er schob es in eine Klarsichthülle, suchte in der Schachtel mit Bürokram nach einer Reißzwecke, kletterte aus der Kajüte, rannte die Gangway hinunter auf die Insel, zum ersten besten Baum.

Allerlei Szenarien, die sich nun entwickeln konnten, schossen ihm durch den Kopf.

Heute Abend, zu Hause mit Ina. Da klingelt das Telefon …

Eine plötzlich aufkommende Windbö, und die Nachricht weht ins Krüppelholz.

Bente, die natürlich schon von weitem sieht, dass das Boot nicht mehr da ist, und sofort umkehrt.

Bente, die doch etwas Helles auf der Insel flattern sieht, hinzufahren versucht und in eine verräterische Spalte fällt, sich dabei das Bein bricht und liegen bleibt, und niemand, der ihr je hilft.

Junge Leute auf ihrer ersten Segeltour im Frühjahr.

«Die Buchstaben sind ganz verblasst, kannst du lesen, was da steht?»

Mit den Blicken seiner Retter im Rücken pinnte er das Blatt Papier fest an den Baumstamm. Die Krähen im kahlen Geäst schauten interessiert dabei zu. Noch ein Szenario: Nachricht vom Baumstamm gepickt und in Fetzen gerissen.

Er ging ins Schiff zurück und stellte sich ans Steuerrad. Der Mann im Motorboot, der jetzt keine fünfhundert Meter mehr von ihm entfernt war, winkte. Er hob die Hand und begann vorsichtig, zuerst noch unwillig, mit der *Knurrhahn* vorwärts zu manövrieren. Sofort entstand ein großer Sprung im Eis, ein heimtückischer Riss, der in feiger Kollaboration mit dem Motorboot seinen Rettern in vielerlei Verzweigungen entgegenschoss.

«Ja, wir sind die Jungs von der schnellen Truppe», sagte der Mann, der Bertelink hieß und aussah wie ein großer Bernhardiner mit Babygesicht, «aber so schnell, wie das hier jetzt geklappt hat, das hätte ich nicht für möglich gehalten. Ehrlich gesagt, haben wir heute Morgen gedacht: Das wird nichts, aber wir können es ja mal versuchen.»

«Das kommt, weil er solches Mitleid mit Ihrer Frau hatte», sagte sein Kollege. «Frauen, die sich um ihren Mann sorgen, da wird er einfach schwach!»

Die Männer lachten.

«Auf die gute alte *Spiky* hier ist Verlass, das könnt ihr ruhig glauben!», rief der dritte Mann aus dem kleinen Motorboot nach oben, während er der stahlplattenbewehrten Schnauze seines Bootes einen liebevollen Klaps gab. «Wie viele Probleme hat die nicht schon aus der Welt geschafft, was?»

Die drei Boote lagen jetzt dicht nebeneinander, einen Kilometer von der Insel entfernt. Überall ringsum war das Eis zerbrochen, und auf den heil gebliebenen Flächen in der Ferne spiegelten sich große Wasserpfützen. Bertelinks Kollege hatte «in Ermanglung von Sekt» Kaffee aus der Thermosflasche in Plastikbecher gefüllt und verteilt, um die Befreiung zu feiern.

«Ich glaube, Sie sind noch ganz benebelt», sagte Bertelink.

«Es kam tatsächlich ziemlich überfallartig», sagte Ruben. «Ich bin davon ausgegangen, dass ich mindestens noch eine Woche hier festliege. Wenn man bedenkt, dass gestern noch ein Schlittschuhläufer hier vorbeigekommen ist.»

«Ein Schlittschuhläufer?», fragte Bertelink.

«Unmöglich!», sagte sein Kollege.

«Wirklich wahr.»

Die beiden Männer sahen sich an.

«Wahrscheinlich ein Schwimmer, der ein bisschen weit aus dem Wasser ragte!», rief der dritte Mann im Motorboot.

Sie lachten alle drei.

«Ich werde meine Frau mal anrufen», sagte Ruben und wandte sich mit dem Telefon ab.

Ina ließ einen Schrei der Überraschung hören, als sie die Nachricht erfuhr.

«Oh, wie phantastisch!», rief sie. «Ruben, was für ein Glück!»

«Ja. Also du hast sie alarmiert?», sagte er.

«Ja, ich!», lachte Ina. «Gestern am späten Nachmittag noch. Jetzt kannst du nicht mehr sagen, dass es keine gute Idee war!»

Ihre Begeisterung tat ihm weh. Es war, als ob damit eine Kluft geschlagen würde, die sich nie mehr richtig schließen ließe.

«Nein. Ja», sagte er.

«Hier geht's noch immer zu wie im Irrenhaus, aber natürlich nehme ich heute Nachmittag frei», sagte Ina. «Ich will auf dem Anlegesteg sein, wenn du einläufst. Lieber Gott, ich kann's noch kaum glauben!»

«Nein», sagte er.

Der kleine Konvoi machte sich auf den Heimweg, der Eisbrecher vorneweg durch die Fahrrinne, das Schiff und das Motorboot dahinter in seinem Kielwasser.

Mit Mütze, Krawatte und Handschuhen stand Ruben Saarloos hinter dem Steuerrad und sah sich noch einmal nach der Insel um, jenem unbedeutenden, künstlich aufgeschütteten Fleckchen Erde, von dem er jede Einzelheit kannte und auf dem wahrscheinlich kein zweiter Erdenmensch so viele Fußspuren hinterlassen würde wie er. Die Wipfel der Bäume winkten ihm einen leichten Abschiedsgruß zu. Auf den untersten Ästen konnte man die Krähen erkennen. Das Blatt Papier an einem der Baumstämme war ein weiß aufleuchtender kleiner Fleck. Ein Teil des gefällten Baums lag noch an der Stelle, wo er vor ein paar Tagen wie ein Wahnsinniger gesägt hatte. Und plötzlich sah er einen vergessenen Plastikeimer neben der Stelle, wo das Boot gelegen hatte.

Nur die aufgebrochene Rinne im Eis erinnerte jetzt

noch an seine Anwesenheit – eine breite Spur voller Schollen, als ob sich ein Walfisch dort ins offene Wasser Bahn gebrochen hätte –, aber bald würde es nur noch der Baumstamm sein, der übrig blieb, bis er im Sommer von den Ausflüglern in Stücke zerlegt und beim Barbecue verfeuert werden würde. Den Eimer würde wahrscheinlich schon vorher jemand mitnehmen.

Im Nordwesten, also der Himmelsrichtung, aus der Bente kommen würde, war es leicht neblig, und wie sehr er den Horizont auch absuchte, kein schwarzes Figürchen tauchte aus dem Nebel auf. Stimmte es also? Würde sie heute tatsächlich nicht mehr laufen können? War gestern endgültig der letzte Tag gewesen, an dem ein Schlittschuhläufer die Insel erreichen konnte, trotz ihres seltsam achtlosen Optimismus, als ob die Gesetze und Gefahren des Eises für sie gar nicht gälten?

Der Mann im Motorboot dachte, er hätte sich nach ihm umgedreht, und machte eine «Nur Mut, alles geht gut»-Handbewegung.

Das war also der Augenblick, auf den er so viele Wochen ungeduldig gewartet hatte.

Und doch war ihm nicht elend zumute. Es war schön, das gleichmäßige Stampfen des Motors wieder unter sich zu spüren und zu sehen, wie sich die Uferlinien und Horizonte nach sechs Wochen endlich verschoben. Das Schiff glitt schnell und geschmeidig durchs Wasser; das Pferdchen witterte den Stall. Dass sich wildfremde Menschen um ihn bemüht hatten, um ihn zu befreien, erfüllte ihn mit Dankbarkeit, und auch Inas Freude am Telefon hatte ihn nicht kalt gelassen. Außerdem beschäftigten ihn die praktischen Seiten des Seitensprungs. Der *Daily Mir-*

ror lag noch auf dem Küchentisch herum. Die Coronas mussten in seinem Schreibtisch verschwinden. Und das Bett? Musste er es nicht frisch beziehen?

Die ganze Gouwsee war schon wieder offen. Als sie die Insel Marken umrundet hatten, verabschiedeten sich die Männer von der Küstenwache und nahmen Kurs auf Almere. Sie versicherten ihm, dass er problemlos sowohl das IJmeer wie das Gooimeer erreichen konnte, wo breite Fahrrinnen auf ihn warteten. Als sie fort waren, erwog er einen Augenblick lang, zu wenden und denselben Weg wieder zurückzufahren, zurück zur Insel. Aber das war heller Wahnsinn. Und wer sagte ihm, dass er Bente dort noch treffen würde?

Er fuhr weiter. Die Silhouette von Amsterdam wurde sichtbar, der ganze Schiffsbetrieb im IJ, die Schwenks eines großen Krans am Ufer. Er fuhr dicht unterhalb der kleinen Insel Pampus und sah schließlich zur Rechten schon die Umrisse des Muiderschlosses liegen. Allmählich überfiel ihn eine große Einsamkeit. Alles war bekannt und vertraut, schien aber gleichzeitig zu einem Leben zu gehören, an dem er nicht mehr recht teilhaben konnte. Er war aus einer anderen Existenz losgerissen und einer Wirklichkeit entrückt worden, die ihn für sein altes Leben untauglich gemacht hatte. Er war der Mann aus dem Märchen, der nach drei Tagen aus dem Wald zurückkehrte und feststellen muss, dass es hundert Jahre gewesen sind.

Um halb vier, todmüde und ausgekühlt, kam er bei Naarden an und steuerte das Schiff in den kleinen Kanal, wo sich seit Jahr und Tag sein Liegeplatz befand. Schon aus weiter Entfernung waren die Gestalten seiner Nachbarn auf dem Anlegesteg sichtbar, dazwischen die rote Jacke einer wild winkenden Ina. Zehn Minuten später legte die *Knurrhahn* nach beinahe sechs Wochen unversehrt an ihrem gewohnten Platz an.

Ina sprang an Bord, rannte ihm lachend über das Deck entgegen und küsste ihn.

Wie rund ihr Gesicht geworden ist, dachte er, während er sie in die Arme schloss. Komisch, wie schnell das in ein paar Wochen gehen kann.

8

ER HATTE GAR nicht gewusst, dass es an seinem alten Liegeplatz so laut war. All diese Autos, die auf dem Deich vorüberfuhren, Fußtritte, die auf dem Anlegesteg dröhnten, das Knarren, Piepen und Krachen der anderen Boote, die Stimmen der Nachbarn, Fetzen eines Fernsehprogramms aus einem nahen Schiff, Kinder, die schrien, ein Hund, der kläffte, das Kreischen der Kreissäge vom kleinen Sägewerk in der Nähe. Alles normale Geräusche, aber er war sie nicht mehr gewöhnt.

Abgesehen davon genoss er es, wieder zu Hause zu sein. Ein saftiges Beefsteak, ein knackiger Salat, das frische Brot, der Knochenschinken, frisch vom Metzger, das Glas Milch. Und dass er einfach so aufs Fahrrad steigen konnte, um hundert Gramm Garnelen beim Fischhändler zu holen.

Freunde und Bekannte schauten vorbei und brachten Whisky und Champagner mit. Ein Journalist, der für ein Provinzblatt arbeitete, suchte ihn auf und reicherte die ausgestandenen Entbehrungen auf eigene Faust noch kräftig an. Der Artikel, der eine Woche später in der Zeitung erschien, trug den Titel «Einsamer Skipper überlebt Nowaja Semlja».

Die ersten Tage vergingen wie im Flug. Dann nahm das Leben wieder seinen gewohnten Lauf, und er durfte nur noch an eines denken, nämlich an das lästige Buch über Fische, das schon längst hätte fertig sein müssen.

Da saß er dann an seinem Schreibtisch, mit dem Fliegenden Hornhecht und dem Barschartigen Wrackfisch, arbeitete und starrte über das Wasser, beides ungefähr im gleichen Rhythmus. Jedes Mal, wenn das Telefon klingelte, begann sein Herz wild zu schlagen, aber es war immer jemand anders. Ganz gegen seine Gewohnheit nahm er das Handy überallhin mit, sogar auf seinen kurzen Gang zum Bäcker. Morgens hielt er Ausschau, ob der Briefträger schon über den Deich käme, und ging sofort nach draußen, sobald er seine Fracht in den Briefkästen vorne am Anlegesteg verteilt hatte; aber sie schrieb auch nicht.

Er ärgerte sich über sich selbst, stürzte sich fanatisch in die Ichthyologie und lernte eine Menge nützlicher Dinge. Ausgewachsene Kofferfische durfte man nicht essen, die waren giftig. Achtung auch vor dem Schweinsfisch, der außerdem noch böse zustach. Die Leber des Heilbutts dagegen war besonders reich an Vitaminen. Der Diamantgurami erzeugte beim Liebesspiel deutliche Knurrlaute; der Schokoladegurami nicht.

«Ich weiß nicht», sagte Ina, «aber das Eisabenteuer sitzt dir immer noch in den Knochen. Du bist irgendwie anders als sonst. Abwesend. Als ob du mit deinen Gedanken noch immer auf dieser Insel wärst.»

Sie war dabei, eine Schalotte zu schneiden. Er hatte gerade eine Weinflasche entkorkt.

«Scheint mir eine elegante Art zu sagen, dass ich ein Langweiler geworden bin. Auf der Insel war nämlich nichts.»

«Aber die Krähen? Die Krähen haben dich doch so begeistert?»

«Das stimmt. Die Krähen vermisse ich.»

Sie schwieg. Er schenkte zwei Gläser Wein ein.

«Es ist mir doch was Seltsames passiert», sagte er. «Ich hab's dir am Telefon nicht erzählt, weil du vermutlich gedacht hättest, ich wäre durchgedreht. Ich stand einmal draußen an Deck, an einem Spätnachmittag so um die Dämmerungszeit, es war aber noch hell, und sah in der Ferne plötzlich ein anderes Schiff. Eine Art chinesische Dschunke, wie mir schien, mit gehisstem Segel, einem großen trapezförmigen Segel. Es war ein bisschen neblig, aber ich hab sie deutlich gesehen. Und es flatterten Fahnen von dem Schiff, dunkle Fahnen, lange Stofflappen auf alle Fälle, als ob sie dort Ballen mit Seide abwickeln würden.»

Ina drehte sich um und lehnte sich, das Messer in der Hand, gegen die Anrichte.

«Eine chinesische Dschunke?»

«So was Ähnliches.»

«Und die segelte?»

«Sie segelte nicht, sie lag fest im Eis, genau wie ich. Trotzdem war sie unterwegs. Jedenfalls … sah es ganz danach aus.»

«Eine Halluzination?»

«Kann man wohl sagen.»

«Wie schrecklich!», sagte Ina.

Er reichte ihr das Glas Wein. Sie tranken beide einen kleinen Schluck.

«Später war noch etwas Seltsames», sagte er. «Am selben Abend. Es rief jemand an und fragte, ob der Herr Omsof bei mir wäre. Ich sagte nein. Oh, das sei aber komisch, denn dieser Omsof hätte meine Telefonnummer angegeben; unter dieser Nummer wäre er an diesem Abend erreichbar.»

«Omsof?»

«Ja.»

«Komischer Name. Aber das war einfach ein Irrtum.»

«Ja. Das war auch nicht das Seltsame. Denn als ich nachts aufwachte … Ich hab doch immer so schlecht geschlafen …»

«Ja.»

«Da hab ich mir eingebildet, dieser Omsof wäre an Bord. Dass er sich irgendwo versteckte.»

Ina fing an zu lachen.

«Vermutlich als Passagier auf dieser chinesischen Dschunke mitgesegelt!»

Er starrte in sein Weinglas.

«Hinterher kann man es nicht mehr verstehen», sagte er, «aber ich hatte panische Angst. Ich bin aufgestanden, weil ich es im Bett nicht mehr aushielt, hab dieses Ding da gepackt» – er wies auf den koreanischen Reisstampfer – «und bin auf die Suche nach ihm gegangen. Das ganze Schiff hab ich abgesucht, bis hinauf aufs Deck. Mitten in der Nacht.»

«Um ihm den Schädel einzuschlagen?»

«Ich weiß nicht, was ich wollte. Eher eine Art Konfrontation, glaube ich. Ich wollte Auge in Auge mit ihm stehen. Aber als ich dann draußen in der Kälte war, fiel der ganze Spuk von mir ab.»

«Bist du in der Unterhose rausgegangen?»

«Nein. Den Morgenmantel hab ich mir grade noch übergezogen.»

Sie lachten alle beide.

«Jemine», sagte Ina, «das kriegt man, wenn man so lange allein lebt.»

«Scheint so.»

Sie kniff ihn kurz in den Arm.

«Wie gut, dass es nicht noch länger gedauert hat! Musst du eigentlich oft dran denken, an diese Dinge?»

«Nein, o nein! Es ist mir nur grade wieder eingefallen.»

In Inas Pfanne begann etwas zu brutzeln, und sie drehte sich wieder zum Herd um. Er betrachtete die beherzte kleine Gestalt, ihren blonden Knoten, um den sie ein blaues Band geschlungen hatte, ihre fröhlichen Ohrringe, und wollte plötzlich nichts lieber als ihr die ganze Geschichte erzählen. Aber er konnte es nicht. Zum einen, weil er ihr keinen Kummer bereiten wollte; zum andern, weil er bezweifelte, ob sie ihm überhaupt glauben würde. Er drehte sich um und sah auf die Bank, auf die Stelle, wo noch vor wenigen Wochen Bente gesessen hatte, und konnte es selbst kaum glauben.

Jetzt mach aber mal einen Punkt, Saarloos, ermahnte er sich eines Nachmittags, als der Regen an die kleinen

Fenster des Schiffs peitschte. Mach dich nicht lächerlich! Das Mädchen fand dich nett, sie wollte einen einsamen alten Kerl, der so deutlich einen Narren an ihr gefressen hatte, einfach ein bisschen aufgeilen, dein Anblick ist schließlich noch ganz passabel, keine Glatze auf dem Kopf und noch alle eigenen Zähne im Mund. Außerdem war es romantisch, auf einer unbewohnten Insel, fern der Zivilisation. Und mit dem Ergebnis konnte sie auch zufrieden sein: Es war gar nicht so übel, im Bett. Und das war's dann auch! Sie denkt längst nicht mehr an dich. Du bist weiter nichts als ein Spinnwebfetzen in ihrem Gedächtnis, heute oder morgen gänzlich weggefegt. Im Übrigen, was willst du eigentlich? Ina auf eine elende Art und Weise betrügen, während sie arbeitet? Ordinäre Verabredungen in einem Stundenhotel vielleicht? Heimliche Quickies bei dem Mädchen zu Hause? In einem Bett, unter dem die Schuhe des andern stehen, über dem sein Pyjama am Haken hängt? Sie ist vernünftiger als du, das ist der ganze Witz.

Er wusste natürlich genau, was er wollte: mit seinem Schiff im Eis eingefroren sein und sie aus der Ferne herankommen sehen. Ihre kalten Wangen küssen, ihre Haare von der Mütze befreien, sie aufheben und hineintragen, sie ausziehen. Er wollte etwas, das niemals, niemals wieder geschehen würde.

Pubertär. Ein andres Wort dafür gab es nicht. Er war ein pubertierender Achtundfünfzigjähriger.

Aber er las ihren Namen auf dem Bug vorbeifahrender Schiffe. Er sah sie über den Deich radeln, ins Einkaufszentrum gehen oder im Publikum einer Fernseh-Talkshow sitzen. Nachts im Bett, mit Inas regelmäßigen

Atemzügen neben sich, glaubte er, Morsesignale im stillen Raum zu hören. Kurz-lang-lang-kurz. Lang-lang-kurz-kurz-kurz. Wenn er früh am Morgen wach wurde und nicht mehr schlafen konnte, stellte er sich Bente schlafend vor. Dann ging er im Geist zu ihrem Bett, zog behutsam den heruntergerutschten Zipfel der Bettdecke zurecht, deckte sie wieder zu und blieb lange in ihren Anblick versunken stehen. Der Gedanke, dass es so gut wie sicher oder doch wenigstens sehr wahrscheinlich war, dass sie zu diesem Zeitpunkt wirklich schlief, dass seine Einbildung folglich mit der Realität dieses Augenblicks, der echten, schlafenden Bente übereinstimmte, gab ihm Ruhe. Eine mit Trauer und Sehnsucht erfüllte Ruhe, und doch hatte er in solchen Augenblicken das Gefühl, die Situation zu «beherrschen».

Manchmal, wenn er in der Küche Kaffee kochte, stand sie auf einmal wieder neben ihm, in seiner zu weiten Cordsamthose und ihrem schwarzen Pulli, und sagte: «Ruben …» Dann hatte er nur noch einen einzigen Wunsch: sich mit ihr in einem höchst ordinären Hotel verabreden, sie an sich pressen, zur Not auf dem Pyjama ihres Mannes, und dann endlos, endlos den einen Nachmittag wiederholen.

Es war nur gut, dass niemand davon wusste. Es würde vorübergehen. So etwas ging immer vorüber, es brauchte nur ein bisschen Zeit.

Aber wie viel Zeit?

Mitte März kehrte er eines Mittags mit voller Tasche vom Einkauf zurück und blieb, wie so manchmal, einen Augenblick auf dem Deich am Kanal stehen, um die

Knurrhahn von oben zu betrachten. Er liebte sein Schiff. Er liebte sein Schiff sogar sehr. Man konnte den alten Kahn mit Fug und Recht neben Ina als die Liebe seines Lebens bezeichnen. Wenn er nicht übersetzte, gab er sich mit ihm ab, denn ein Schiff wie dieses verlangte permanente Aufmerksamkeit und Pflege, man wurde niemals damit fertig. Es machte ihm Spaß. Für einen halben Intellektuellen war er handwerklich ziemlich geschickt. Sobald das Frühjahr da wäre und seine Arbeit es irgendwie zuließ, würde er das Deck kalfatern und den Bugsprietstag, der ziemlich verrostet war, ersetzen und noch eine Menge anderer kleiner Arbeiten verrichten. Aber jetzt, wo er auf dem windigen Kanaldeich stand und sah, wie sein Schiff da unten am Anlegesteg unschuldig auf den Wellen eines vorbeirasenden Motorboots schaukelte, ließ es ihn vollständig kalt. Es war einfach nur ein altes Schiff zwischen anderen alten und neuen Schiffen, er verstand plötzlich nicht mehr, wieso er all die Jahre so viel Zeit und Energie darin investiert hatte. Und er kapierte, dass, wenn jetzt eine Stimme aus dem Himmel käme und ihm sagen würde: «Steck diesen Pott an, und du siehst sie wieder», er dieses Schiff noch heute in Brand setzen würde.

Er ging hinunter auf den Steg, sprang an Bord, ließ die Tasche mit Einkäufen in der Küche fallen, griff sich das Handy und das Telefonbuch und suchte die Nummer der Freien Universität heraus. Die Forschungen von ein paar Neurologen, hatte sie gesagt. Also Abteilung Neurologie.

«Nerwanen?», fragte der Mann in der Zentrale. «Dieser Name steht hier nicht auf der Liste.»

«Sie ist bei den Untersuchungen zur Pupillenerweiterung beschäftigt», sagte er. «Wissen Sie vielleicht, wo die gemacht werden?»

Das wusste der Mann in der Zentrale nicht, aber er wollte der Sache nachgehen, und nach einiger Zeit nannte er ihm die Nummer eines Labors, in dem man solche Untersuchungen vermutlich machte.

Im Labor nahm eine junge Frau ab.

«Können Sie mich mit Frau Nerwanen verbinden?», fragte er.

«Frau Nerwanen?», wiederholte sie.

«Ja, Bente Nerwanen.»

Es blieb einen Moment lang still.

«Wenn ich richtig verstanden habe, arbeitet sie bei Ihnen an einer Untersuchung über Pupillenerwei...»

«Ja, ich weiß», unterbrach ihn die junge Frau. «Ich weiß, wen Sie meinen, aber, äh ... Bente Nerwanen ... die kann ich Ihnen nicht geben.»

In ihrer Stimme klang Behutsamkeit. Sie schwieg, und gerade als er weiterfragen wollte, sagte sie: «Die ist nämlich nicht mehr hier. Es tut mir Leid, Ihnen das sagen zu müssen, aber sie ist gestorben.»

In seinem Kopf fiel eine Klappe herunter, die augenblicklich die ganze Blutzufuhr abschnitt. Eine rasende Enge war die Folge.

Ein totes weißes Gesicht zwischen Eisschollen, blaue Augenlider, rote Haare, die wie exotische Algen ins Wasser hinunterhingen. In ein Eisloch gefahren. Ertrunken. Oder noch bis zur Insel gekommen und dort unterkühlt und verletzt liegen geblieben. Die Insel, auf der niemand mehr war. Schuld, Schuld, Schuld!

«Schon im letzten Jahr», fügte die Frau am Telefon hinzu.

Diese Mitteilung brachte ihn wieder einigermaßen zu sich.

«Schon im letzten Jahr?»

«Ja. Sie hat hier noch bis April gearbeitet, oder nein, ich glaube, bis Mai; das wollte sie selbst so haben, und im Sommer ist sie dann gestorben. Im Juli.»

Die Frau sagte das in einem Ton, als ob sie davon ausginge, dass er vielleicht nicht über Bente Nerwanens Tod, aber doch über ihre Krankheit auf dem Laufenden gewesen sein musste.

«Im Juli?»

«Ja. Anfang Juli.»

Sein Gehirn arbeitete nicht besonders flexibel. Es fiel ihm nicht ein, was genau er fragen oder sagen sollte, aber dass es sich hier um ein verrücktes Missverständnis handelte, war natürlich klar.

«Wissen Sie ... das ganz genau?», brachte er heraus.

«Genau?», fragte die Sekretärin. «Na ja, ich könnte nicht beschwören, an welchem Tag, aber Anfang Juli war es bestimmt. Wir waren alle zusammen bei der Beerdigung. In Nibbixwoud. Ja, ich würde sagen, es war die erste Juliwoche.»

Nibbixwoud? War das ein Ort?

«Ich meine: Sprechen Sie über Bente Nerwanen, die bei Ihnen im Labor an einer Untersuchung über Pupillenerweiterung arbeitet ... oder arbeitete? An der Freien Universität?»

«Aber ja», sagte die Frau verwundert.

«Aber die habe ich ... die hat ... die habe ich kürzlich noch gesehen. Sie war … sie hatte damals eine Woche frei …»

«Eine Woche frei?», fragte die Frau am Telefon.

Es entstand eine Stille. Hatte er jetzt etwas gesagt, das Bente verraten konnte? Er musste nachdenken. Dieses Gespräch hier führte zu nichts. Er musste erst ganz ruhig darüber nachdenken.

«Was ich tun kann», schlug die Frau am andern Ende der Leitung vor, «ist, Sie mit der Kollegin zu verbinden, die mit ihr zusammengearbeitet hat. Das ist Frau Faaskes. Die weiß alles über diese Untersuchung. Möchten Sie mit ihr sprechen?»

«Nein, nein, vielen Dank», sagte er eilig. «Vielleicht ein andermal. Ich muss erst … vielen Dank. Vielen Dank und auf Wiederhören.»

«Wiederhören», sagte die Frau mit einer Spur Mitleid in der Stimme.

Er stand auf, stellte sich vors Fenster und starrte über den Kanal, bis er merkte, wie schwer er atmete und wie sehr ihm das Herz in der Brust schlug. Er ging in die Küche, wusch sich die Hände, schüttete sich Wasser ins Gesicht und trank ein paar Schlucke. Dann ging er nach draußen auf das Vordeck und kam in der kühlen feuchten Märzluft wieder zu sich.

Was war nun eigentlich passiert? Doch gar nichts, oder? Seine Bente konnte unmöglich die Frau sein, die im vergangenen Juli gestorben war, deshalb musste ihn diese Todesnachricht doch nicht so erschüttern? Da war etwas anderes los. Bente war nicht die Bente Nerwanen, die an der Freien Universität an einer Studie über Pupillenerweiterung arbeitete oder gearbeitet hatte. Sie war eine andere.

Eine andere? Mit demselben ausgefallenen Namen? Mit demselben Beruf? Gab es vielleicht noch eine Freie Universität, an der man solche Untersuchungen machte?

Seine Verwirrung war so groß, dass es einige Zeit dauerte, bis er zur einzig möglichen Schlussfolgerung kam: dass sie einen falschen Namen angegeben hatte. Bente, seine Bente hatte nicht ihren eigenen Namen genannt, sondern den einer Toten. Und sie hatte, wahrscheinlich um konsequent zu bleiben, auch den Beruf der Toten übernommen. Sie hatte ihn einfach angeschwindelt, darauf lief es hinaus.

Die Ernüchterung war so stark, dass er sich an der Reling festklammerte, als ob ihm die Beine plötzlich den Dienst versagen könnten. Die Frau, die er in den Armen gehalten hatte, nach der es ihn so verlangte, dass seine ganze Existenz durcheinander geraten war, diese Frau hatte ihm also nicht einmal genügend vertraut, um zu sagen, wie sie hieß. Warum nicht? Warum diese Lüge? War sein Begehren von Anfang an so deutlich in seinem Gesicht zu lesen gewesen, dass sie gedacht hatte: Aufpassen, da ist einer, der mir hinterherläuft, besser, er kennt meinen Namen nicht? Hatte sie einen so eifersüchtigen Mann oder Freund, dass sie sich angewöhnt hatte, andere Männer irrezuführen, um unerwünschte Konfrontationen ein für alle Mal auszuschließen? Oder war sie vielleicht eine krankhafte Phantastin, der es heimliches Vergnügen bereitete, sich für eine Tote auszugeben? Er verstand es nicht. Er wusste ohnehin so wenig von ihr. Und nun verflog auch noch ihr Name.

Aber Moment mal, ihr Name stand doch in ihren Schlittschuhstiefeln! Er hatte doch selbst, als sie zum ersten Mal bei ihm hereingekommen war, ihren Namen in ihren Schuhen gesehen? Plötzlich erinnerte er sich wieder, wie es gewesen war. Sie selbst hatte ihren Namen gar nicht ausgesprochen! *Er* war es gewesen, der vor lauter Nervosität, oder mit einem kläglichen Versuch, flott zu wirken, gesagt hatte: «Ich weiß schon, wie du heißt: Bente.» Und das hatte sie bejaht, aus irgendeinem Grund kam es ihr offenbar zupass. Wer war sie? Eine Schwester der verstorbenen Bente Nerwanen, vielleicht sogar eine Zwillingsschwester? Eine Freundin oder Nachbarin, der die echte Bente ihre Schlittschuhstiefel überlassen hatte? Was hätte sie damals wohl geantwortet, wenn er nicht so dumm gewesen wäre, ihr den Namen selbst in den Mund zu legen? Die Chance, dass sie ihren eigenen Namen genannt hätte, wäre sicher viel größer gewesen.

Aber halt – die Art, wie sie über die Studien zur Pupillenerweiterung gesprochen hatte, mit all den Fakten und Details, so sachkundig und lebendig! Jemand, der behauptet, ein andrer zu sein, und vorgibt, einen Beruf auszuüben, von dem er in Wirklichkeit nichts versteht – und einen ungewöhnlichen Beruf noch dazu –, würde der nicht lieber unbestimmt und ausweichend darüber reden anstatt so ausführlich? Es sei denn, die echte Bente hätte so viel über ihre Arbeit erzählt, dass …

Plötzlich, mit einem Schlag, durchschaute er, was los war: Diese Kollegin, die mit Bente zusammengearbeitet hatte, die war es! Diese Frau Faaskes oder Faaskens oder Faassens, mit der die Sekretärin ihn weiterverbinden wollte! Natürlich! Sie waren Kolleginnen, sogar Freundinnen. «Wir sind immer so gern zusammen Schlittschuh gelaufen», hatte die kranke Bente Nerwanen gesagt, «ich will, dass du meine neuen Schlittschuhstiefel übernimmst!»

Verdammt nochmal! Wenn er gesagt hätte: «Ja, bitte verbinden Sie mich mit ihr», dann hätte er Bente ans Telefon bekommen! Dieser Gedanke regte ihn sehr auf, denn er spürte intuitiv, mit der Klarheit, die eine plötzliche Einsicht manchmal mit sich bringt und die keiner weiteren Beweise bedarf, dass es *so* war und nicht anders. Er war ihr auf der Spur. Sie saß nun seelenruhig in ihrem Labor und wertete die Computerausdrucke zur Pupillenerweiterung aus, nur unter einem anderen Namen, als er sie bisher gekannt hatte. Er musste das Labor lediglich nochmal anrufen und darum bitten, dass man ihn mit Frau Faaskes verband, und alles war klar.

Er ging hinein, nahm das Blatt Papier, auf das er die Nummer des Labors gekritzelt hatte, und setzte sich mit dem Handy an seinen Schreibtisch. Aber etwas hielt ihn davon ab, anzurufen.

Wenn Bente ihm in all den Tagen, an denen sie ihn aus freien Stücken besucht hatte, ihren richtigen Namen nicht genannt hatte, auch nicht, als der Name ihrer toten Kollegin in seinem Mund schon zu einer Liebeserklärung geworden war, wenn sie ihm auch dann nicht hatte sagen wollen: «Hör mal, Ruben, in Wirklichkeit heiße ich nicht so …», dann würde sie sich jetzt über seinen Anruf nicht freuen. Zu Hause nicht, und auch an ihrem Arbeitsplatz nicht. Und wenn er es vorsichtiger anging? Er konnte die Sekretärin, die weiß Gott freundlich und mitteilsam war, am Telefon zum Beispiel fragen: «Hat diese Frau Faaskes rote Haare?» Oder noch besser: «Ich habe kürzlich mit jemandem gesprochen, der an der Untersuchung zur Pupillenerweiterung arbeitete und rote Haare hatte; wer könnte das sein?» Damit blieb die Möglichkeit offen, dass es sich noch um eine andere Person handelte.

Natürlich konnte es auch sein, überlegte er jetzt, dass sein erstes Gespräch mit der Sekretärin bereits Folgen hatte. Vermutlich war es nur ein kleines Labor, kein unpersönlicher großer Betrieb. Diese Sekretärin hatte die echte Bente Nerwanen gekannt, «alle zusammen» waren sie bei der Beerdigung gewesen, in … wie hieß der Ort noch gleich wieder? Also war es nicht undenkbar, dass dieses Mädchen inzwischen in den Raum gegangen war, wo Frau Faaskes arbeitete, und gesagt hatte: «Da war eben ein komischer Anruf! Ein Mann wollte mit Bente Nerwanen sprechen. Der wusste gar nicht, dass sie tot ist, und sagte noch etwas wie: ‹Ich hab doch kürzlich mit ihr gesprochen.› Ich wusste nicht, was ich tun sollte, und wollte ihn mit dir verbinden, aber das wollte er wieder nicht.» Er sah die rothaarige Frau im weißen Kittel vor sich, wie sie mit den Schultern zuckte und «Wie komisch!» murmelte. Aber nun würde sie begreifen, dass er Kontakt mit ihr suchte, dass er wahnsinnig gern mit ihr reden wollte, und vielleicht war es für sie der Anlass, ihn anzurufen. Deshalb war es vermutlich eleganter, ihr erst selbst diese Möglichkeit zu geben.

Untätig starrte er weiterhin auf die Ziffern auf dem Blatt Papier. Zu allen alten und neuen Bedenken, die ihn von einem Anruf abhielten, war jetzt ein weiterer komplizierter Faktor hinzugetreten. Die Frau, in die er verliebt war, hieß Bente Nerwanen. Sein Verlangen blieb an diesen Namen gekoppelt. Dieser Name schwebte im Dunkeln, wenn er schlaflos dalag, diesen Namen riefen die kleinen schwarzköpfigen Möwen, die manchmal aus dem Nichts auftauchten und eine Zeit lang über dem Boot kreisten, dieser Name war die einzige Antwort auf seinen Namen: Ruben – Bente. Mit einer Frau Faaskens hatte er nichts zu schaffen.

Die Forschungsabteilung der Freien Universität war für Außenstehende nicht besonders übersichtlich; es stellte sich heraus, dass es enorm schwierig war, dahinter zu kommen, wo das Labor überhaupt lag. Portiers wollten Namen und die Uhrzeit der Verabredung wissen, gaben keine Auskunft über die nichtöffentlichen Abteilungen – «Haben Sie einen Institutsausweis?» – und betrachteten ihn argwöhnisch, wie einen potenziellen Bombenleger.

Endlich kam er an einem niedrigen Nebengebäude heraus, worin sich, jedenfalls von außen gesehen, tatsächlich so etwas wie Laborräume zu befinden schienen. Durch die Fenster sah man Menschen bei der Arbeit, einige trugen weiße Kittel, aber die meisten saßen in ihrer Alltagskleidung hinter einem Bildschirm oder einem Schreibtisch. Das Erdgeschoss, mindestens den vorderen Teil davon, konnte man bequem einsehen. Beim Stockwerk drüber war es schwieriger, dort sah man nur diejenigen, die direkt am Fenster saßen oder am Fenster auf und ab gingen. Eine Zeit lang hielt er den Blick auf eine Frau gerichtet, die einen rötlichen Dutt auf dem Kopf trug. Sie stand mit dem Rücken zu ihm und stapelte etwas oder packte Gegenstände ein, aber als sie in einem bestimmten Augenblick quer durch den Raum zu einem Schrank ging, sah er, dass sie es nicht war.

Ein Plattenweg führte um das Gebäude herum zu einem Innenhof. Dort pflanzte ein Gärtner gerade bunte Primeln in Betonkübel. Durch die Fenster sah man eine Kantine oder Cafeteria, Leute gingen dort ein und aus. Er nickte dem Gärtner zu, als ob er täglich hier durchspazierte, und musterte, von ein paar Sträuchern halb verdeckt, das schwatzende und Kaffee trinkende Personal. Viele junge Frauen waren dabei, ständig kamen neue Menschen dazu, es war Mittagessenszeit.

«Kann ich Ihnen irgendwie helfen?», fragte der Gärtner nach einiger Zeit.

«Nein danke, ich halte nur Ausschau nach einer Bekannten, die hier arbeitet», sagte er leichthin.

Allzu lange konnte er hier jetzt nicht mehr bleiben.

Er ging wieder um das Gebäude herum, schlenderte an der Seite entlang, wo wenig Fenster waren, und beobachtete dabei schon den Haupteingang, durch den mittlerweile laufend kleine Gruppen oder einzelne Mitarbeiter herauskamen, die die Mittagspause dazu benutzten, frische Luft zu schnappen. Es war ein freundlicher Vorfrühlingstag, und die meisten setzten sich auf die Holzbänke am Wassergraben und ließen sich von der Sonne bescheinen. Auch das Mädchen mit dem rötlichen Dutt kam mit ein paar Kollegen heraus, lachlustig, eine Betriebsnudel in gelber Windjacke.

Nach einer Stunde reichte es ihm. In der Universitätsbuchhandlung nahm er noch ein Buch mit – dann war er wenigstens nicht umsonst hierher gekommen – und fuhr nach Hause.

Das Buch über Fische ging seiner Vollendung entgegen.

Eine Last fiel von ihm ab, und noch am gleichen Tag,

an dem er die Übersetzung ablieferte, betrat er einen Baumarkt, um sich eine Bandschleifmaschine aus dem Sonderangebot anzusehen. In der Elektrogeräte-Abteilung waren aber keine Schleifmaschinen dieses Typs mehr zu finden. Er fragte einen jungen Mann, der irgendwo Bretter einräumte, ob das Gerät vielleicht noch vorrätig sei. Der junge Mann wusste es nicht, wollte aber gleich mal im Lager nachschauen. Während er auf dessen Rückkehr wartete, trödelte Ruben an den Regalen entlang, bog dann in den nächsten Gang ein, um sich bei den Eisenwaren umzusehen, und das Herz stand ihm plötzlich still.

Dort ging Bente!

Er sah sie von hinten, wusste aber sofort, dass sie es war. Das halblange lockige Haar, dieses schöne Rosé, die Art, wie sie sich bewegte … er erkannte die Gestalt sofort – auch wenn sie eine lange violette Jacke trug. Sie schob einen Einkaufswagen, in dem ein Kind saß, ein Kleinkind von ungefähr zwei Jahren, mit den gleichen roten Locken. Es hatte einen großen, in Klarsichtfolie verpackten Pinsel in der Hand und schlug damit auf den Rand des Einkaufswagens.

Sie ging langsam, suchte etwas zwischen den Artikeln auf der linken Seite, ging in die Knie, um etwas herauszunehmen, las das Etikett, legte es wieder zurück, ging weiter. Träge wie in einem Traum folgte er ihr, von diesem plötzlichen Zufall überrascht, und auch von dem Kind. Wie würde sie reagieren? Was sollte er sagen?

Das Kind warf plötzlich den Pinsel auf den Boden. Bente bückte sich, um ihn aufzuheben – er sah den Schimmer eines Brillengestells: Also trug sie beim Einkaufen eine Brille –, und legte ihn in den Wagen zurück, worauf das Kind zu quengeln anfing. Sie öffnete ihre Schultertasche, holte eine Banane heraus und schälte sie. Dann blickte sie sich plötzlich um, als hätte sie gespürt, dass jemand sie fixierte.

Sie war es nicht. Es war eine andere Frau, mit einem runderen Gesicht, einer kleineren Nase, mit dunkelrotem Lippenstift und einer modischen Schildpattbrille. Er konnte es nicht so schnell glauben und starrte sie sprachlos an. Sie gab den Blick ein bisschen verwundert zurück. Dann erschien ein schwaches Lächeln auf ihren Zügen. Sie reichte dem Kind die Banane, warf die Schale in den Wagen und ging weiter.

«Oh, da sind Sie», rief der junge Mann, der mit einer Schachtel aus dem Lager zurückgekommen war. «Diese Marke haben wir nicht mehr, aber es gibt hier noch einen anderen Typ …»

Die Frau verschwand um eine Ecke. Der Verkäufer öffnete die Schachtel und begann, die Unterschiede zwischen dieser Schleifmaschine und der anderen zu erklären.

Kurz darauf an der Kasse sah er sie nicht mehr, und auch auf dem Parkplatz, wo er noch eine Zeit lang gegen seine Autotür gelehnt stehen blieb, waren die rothaarige Frau und das Kind nirgends mehr zu sehen. Er versuchte, sich Bentes Gesicht vorzustellen, aber es gelang ihm nicht. Das Gesicht der anderen Frau, noch frisch auf seiner Netzhaut, verdrängte es mit der rohen Vitalität der Lebenden gegenüber den Toten. Jetzt weiß ich nicht mal mehr, wie sie aussieht, dachte er bitter.

Aber das stimmte nicht.

Als er am späten Nachmittag damit beschäftigt war, auf dem Achterdeck ein paar neue gedrechselte Geländerstützen in Karbolineum zu tunken, und einen Augenblick lang von dieser Arbeit aufsah und über den Kanal blickte – ein leichter Nebel zog von den Weiden herüber –, erschien ihm ihr Bild plötzlich so scharf vor Augen, als ob sie vor ihm stünde. Er konnte seine Hände um ihr Gesicht legen und ihre Sommersprossen, die Kerbchen in ihren Lippen und die Flecken in ihren Augen zählen. Er fühlte, wie ihm die Lippen schwer wurden vor Verlangen, sie zu küssen, wie ihm der Atem davon stockte und ein tauber Schmerz durch seinen Körper zu ziehen begann, eine Art Phantomschmerz, der Schmerz einer unerträglichen Sehnsucht.

«Bente», flüsterte er. «Bente Nerwanen.»

What's in a name?

Alles.

Aber es wurde weniger. Natürlich wurde es weniger, schließlich war man ja schon achtundfünfzig.

Obwohl er mit dem Übersetzen im Rückstand war, arbeitete er in diesem Frühjahr viel an seinem Schiff. Draußen sein, mit den Händen arbeiten, nachdenken über handwerkliche und technische Probleme, das tat ihm gut. Er näherte sich Ina auch wieder. Nicht dass sein Verhältnis zu Ina je schlecht gewesen wäre – nur am allerersten Abend nach seiner Rückkehr, als er zum ersten Mal wieder mit ihr im Bett lag, war er plötzlich so ratlos gewesen; sie hatte diese Stimmung seiner extremen Müdigkeit zugeschrieben, aber mit der Zeit wurde sie wieder zu seiner treuen Freundin, als wäre er von einer langen Reise zurück, auf der sie ihm zwischenzeitlich ein wenig fremd geworden war. Er versuchte, es ihr recht zu machen, indem er zum Beispiel jeden Abend für sie kochte. Sie war noch immer stark von ihrer Arbeit in Beschlag genommen. Buskes & Boonstengel hatten noch immer Schwierigkeiten; der Betrug, den man dem Büro vorwarf, war offenbar eine komplizierte und immer undurchsichtiger werdende Angelegenheit.

Manchmal holte er noch den *Daily Mirror* hervor und blätterte ein bisschen darin, aber selten. Er hob auch noch die Schachtel mit der letzten Corona Naturel Spezial in einer seiner Schubladen auf, als ob das Anzünden dieser letzten Zigarre Bentes Existenz endgültig in Rauch aufgehen lassen würde.

In all dieser Zeit träumte er merkwürdigerweise niemals von ihr. Oder doch, einmal, indirekt. Eines Morgens erwachte er aus einem klaren Traum, an den er sich tagsüber noch erinnerte.

Er lag wieder eingefroren bei der Insel. Vom Vordeck aus schaute er über das Eis, als er plötzlich merkte, dass er nicht allein an Bord war. Auf der Holzbank auf dem Achterdeck saß, umgedreht, die Ellbogen auf der Reling, ein junger Mann mit Brille, mit lockigem, nach hinten gekämmtem Haar. Sein Vater. Er ging zu ihm und blieb neben ihm stehen. Sein Vater sah auf und lächelte flüchtig, richtete aber sofort danach den Blick wieder aufs Eis, als ob er es nicht einen Moment lang aus den Augen lassen dürfte. «Bist du nicht tot?», wollte er fragen. «Lebst du noch? Weißt du eigentlich, wer ich bin? Erinnerst du dich daran, dass du einen Sohn hattest?» Aber er konnte nicht sprechen. Erst jetzt sah er, dass sein Vater eine Angel ausgeworfen hatte, eine einfache Bambusrute, mit der er als kleiner Junge selbst an den Entwässerungsgräben gestanden hatte. Er jagt diesem Fisch noch immer hinterher!, dachte er. Gott Allmächtiger, wann hört das endlich auf? Er wollte ihn auch loswerden. Bente konnte jeden Moment kommen, und sein Vater sollte sie nicht sehen. «Du musst hier weg», wollte er sagen. «Du kannst hier gar nicht angeln, das Wasser ist gefroren, mach dich nicht lächerlich.» Aber es blieb ungesagt. Und als er noch einmal genau auf das Eis schaute, sah er, dass es kein Eis mehr war. Die See hatte sich in eine sanft wogende Wasserfläche verwandelt, exotische Wasserpflanzen trieben vorbei. Wie sollte das jetzt mit Bente werden? Große Unruhe überfiel ihn, und sie steigerte sich zur Panik, als er, noch bevor sein Vater etwas merkte, ein riesiges Wesen wie eine Meerjungfer durch die Wellen herbeischwimmen sah, direkt auf die Angel seines Vaters zu.

Ja, es gab Tage, an denen er die Nummer des Labors wieder herausholte. Dann dachte er über die Fragen nach, die er der Sekretärin stellen könnte, aber er rief niemals an. Er war vernünftig. Und es war auch eine unbestimmte Angst, die ihn davon abhielt; die Angst, dass die Sekretärin auf die Frage «Wer von Ihren Kolleginnen bei den Untersuchungen zur Pupillenerweiterung hat rote Haare?» antworten könnte: «Niemand, Herr Saarloos. Nur Bente Nerwanen, die hatte rotes Haar.»

9

DIE NEUE ÜBERSETZUNG, mit der er begonnen hatte, war eine amerikanische Abhandlung über westeuropäische Hafenstädte im goldenen Zeitalter des 17. Jahrhunderts. Der Autor hatte wegen seiner eigenen westfriesischen Herkunft besonderes Gewicht auf die Städte Hoorn und Enkhuizen gelegt, und die niederländische Fassung sollte einen Anhang bekommen, um den sich zwei Archivare aus diesen Städten kümmerten. Die beiden Herren, der Enkhuizener und der Hoorner, nahmen ihre Aufgabe so ernst, dass sie den Übersetzer des Buches brieflich aufgefordert hatten, hinsichtlich der «wünschenswerten terminologischen Einheitlichkeit» in mündliche Beratung mit ihnen zu treten. Er zuckte mit den Schultern ob so viel gewissenhaften Fleißes und ärgerte sich. Weshalb denn Einheitlichkeit – und wenn sie schon notwendig war, warum vereinheitlichte man nicht lieber hinterher, wenn alles fertig war? Aber als der Hoorner Historiker schließlich auch noch anrief und rührend freundlich und begeistert klang, fand er sich schließlich mit der Idee ab, Hoorn einen Besuch abzustatten. Deshalb saß er an einem sonnigen Freitagmorgen im April schon früh im Zug.

In Hoorn wurde er von einem possierlichen älteren Herrn abgeholt, der sofort gnadenlos mit einer langen Stadtführung begann. Häuser, Grachten, Innenhöfe, Hafenanlagen, Kirchen, Gassen, Plätze, alles musste besichtigt und mit gründlichen Erläuterungen versehen werden. Darauf erfolgte, in einem historischen Gebäude selbstverständlich, zusammen mit dem Enkhuizener Kollegen eine fruchtbare Beratung über den Anhang, die bis zum frühen Nachmittag andauerte. Als sie fertig waren, hatten die Herren offenbar ein gemeinsames Mittagessen ins Auge gefasst, aber er hatte mittlerweile genug. Den ganzen Vormittag lang mit Menschen sprechen, für die das Erscheinen des Buches ein gewaltiges Ereignis war und die deshalb jedes erdenkliche Missverständnis, wie winzig auch immer, schon von vornherein ausschließen wollten – das war ermüdend genug. Er schützte eine Verabredung in Amsterdam vor.

Gegen zwei Uhr war er wieder am Bahnhof, wo ihm der Zug vor der Nase wegfuhr. Bis zum nächsten hatte er eine halbe Stunde Zeit. Er ging zum großen Platz zurück, verzehrte an einem Stand einen knusprigen panierten Fisch und schlenderte ein bisschen in der Frühlingssonne herum. Beim Süßwarenhändler stand zwischen Coladosen und Chipstüten eine Kiste mit unwahrscheinlich schönen roten Äpfeln. Er kaufte einen und aß ihn, auf einer Bank unter Bäumen sitzend. Bei solchen verführerischen Äpfeln, die eigentlich fürs Auge gezüchtet waren, erwartete man fast, dass der Geschmack zu wünschen übrig ließ, man konnte schließlich nicht alles haben, aber der Apfel war sogar besonders lecker: frisch, knackig, süßsauer. Als er den Apfelbutzen weggeworfen hatte, ging er zum Süßwarenstand zurück und kaufte ein Kilo für Ina. Weil er keine Lust hatte, mit einer Tüte herumzulaufen, verteilte er die Äpfel so in seinem Aktenkoffer, dass er gerade noch zuging, und schlenderte dann gemächlich wieder zum Bahnhof zurück.

Ein Regionalbus fuhr vor, und sofort bildete sich eine lange Schlange vor dem Einstieg, hauptsächlich Schüler. Als er daran vorbeiging, fiel ihm ein Mädchen mit blonden Lockenhaaren auf. Sie hatte ein heiteres Gesicht und solche riesigen klaren grauen Augen, dass ihm sofort der Begriff «Augenstern» in den Sinn kam. Das ist ein Engel, dachte er, ein echter westfriesischer Engel. In diesem Augenblick tippte jemand dem Engel zum Gruß auf die Schulter, es war ein anderes Mädchen, das offenbar zu einem andern Bus unterwegs war und eilig an der Schlange vorbeiging. Im Umdrehen rief es noch: «Fährst du nach Medemblik?»

«Nein», rief der Engel, «nach Nibbixwoud.»

Er betrat das Bahnhofsgebäude und ging Richtung Übergang, der zu seinem Bahnsteig führte. Man überquerte die Gleise hier nicht mit einer Unter- oder Überführung, sondern auf den Gleisen selbst, an einer bestimmten, für Fußgänger zurechtgemachten Stelle. Vor dem Gleisübergang blieb er stehen. Links und rechts von ihm überquerten Menschen die Gleise, aber er blieb stehen wie ein Pferd, das nicht durch das behexte Wasser kann. Dann kehrte er um und verließ das Bahnhofsgebäude wieder.

Der Bus stand noch an der Haltestelle, alle waren schon eingestiegen.

«Fahren Sie am Friedhof von Nibbixwoud vorbei?», fragte er den Busfahrer.

«Ja, in der Nähe», sagte er. «Sie müssen in der Dorfstraße aussteigen, von dort sind es nur ein paar Minuten zu Fuß.»

Er stieg ein. Der Engel saß auf einem der vorderen Sitze und aß ein Stück Zuckerspeck. Er setzte sich mehr in die Mitte. Der Bus fuhr durch die Außenbezirke von Hoorn – mit denen der Archivar wenig historische oder sonstige Ehre hätte einlegen können –, fuhr dann durch Weidelandschaft und erreichte schließlich das Dorf Nibbixwoud.

«Dorfstraße», rief der Fahrer.

Das blonde Mädchen sprang als Erste aus dem Bus.

«Einfach immer gradeaus», rief ihm der Fahrer über die Schulter gewandt zu.

Er stieg aus. Die Assoziation einer gemütlichen Einkaufsstraße im Dorfkern, die der Name ‹Dorfstraße› vielleicht hervorrufen mochte, wurde Lügen gestraft. Von einem Zentrum konnte keine Rede sein. Nibbixwoud war nichts weiter als eine lange Reihe von Häusern und Bauernhöfen rechts und links eines Weges; ein so genanntes Straßendorf. Der Engel ging mit raschen, federnden Schritten auf seinen Turnschuhen vor ihm her und verschwand bald in einem Haus hinter einer Tankstelle, aus dem begeistertes Begrüßungsgebell erklang.

Einfach immer gradeaus ging er, wie der Buschauffeur ihm gesagt hatte. Er kam an einer Bäckerei und einer Metzgerei vorbei, dann an einer großen katholischen Kirche und an einer kleinen protestantischen. Trotz des schönen Wetters waren nur wenige Leute unterwegs in Nibbixwoud; aber jeder, der vorbeiradelte oder in seinem Garten arbeitete, grüßte. Wo keine Häuser mehr standen und die Dorfstraße wahrscheinlich ihren Namen verlor, weil sie einen Schwenk nach rechts in die Viehweiden machte, führte ein schmaler Pfad links ab in die Büsche, wie es schien, aber als er ihn einschlug, lag der Friedhof plötzlich unerwartet zwischen den Bäumen.

Es war der übersichtlichste Friedhof, den er je gesehen hatte: ein kleines viereckiges Stück Erde ohne Bäume und Sträucher, kaum einen halben Hektar groß, längs von einem Mittelweg in zwei Hälften geteilt, der Breite nach von zahlreichen kleinen Wegen in verschiedene Sektoren unterteilt – rührend in seiner geometrischen Einfalt. Er musste noch relativ neu sein, denn kaum die Hälfte der verfügbaren Fläche war belegt, und keins der Gräber war alt. Alles wirkte sehr gepflegt.

Er begann rechts vorne. Da waren alle Sektoren in drei Abschnitte geteilt: der Platz, den normalerweise ein einzelnes Grab mit liegendem oder stehendem Grabstein einnahm, wurde von drei kleinen, hintereinander platzierten niedrigen Steinen eingenommen. Warum das so war und was es vorstellte, begriff er nicht so recht; vielleicht waren es nur gemietete oder jedenfalls billigere Grabstätten. Nach ein paar Reihen erschienen die normalen, größeren Grabsteine. Während er die Namen entzifferte, schritt er alle kleinen Seitenwege ab. Häufig dieselben Familiennamen. Und tatsächlich kein einziges

Sterbedatum vor den siebziger Jahren. Die meisten Gräber waren mit Blumen geschmückt, mit blühenden Stauden, Töpfen mit Blumenzwiebeln, manchmal fast übertrieben: komplette Osterkörbe mit Hasen, Hühnchen, gefärbten Eiern und blühenden Weidenkätzchen. Nirgendwo sah man verblühte Sträuße oder verdorrte Pflanzen; die Leute aus Nibbixwoud pflegten ihren Gottesacker äußerst sorgfältig.

Auf der linken Seite begann er, ganz hinten bei den Kindergräbern, und schritt langsam alle Wege nach vorne ab. Hier standen viel weniger Grabsteine, die Hälfte der Fläche war noch leer, er kam viel schneller voran. Und plötzlich stand er vor ihrem Grab.

Obwohl er schon halb und halb geglaubt hatte, er sei umsonst gekommen, und die Bestätigung dessen, was er suchte, ihm deshalb eine gewisse Genugtuung verschaffte, erschrak er auch. Als ob er eigentlich genau genommen doch nur zu diesem Weiler gefahren wäre, um festzustellen, dass man ihn falsch informiert hatte, dass jemand sich all das nur aus den Fingern gesogen hatte. Aber nun war es wahr.

Ein liegender Grabstein aus schwarzem Marmor bedeckte das Grab, Text fand sich wenig. BENTE JOHANNA NERWANEN stand in weißen Lettern in der Mitte, darunter das Geburts- und Sterbedatum. Also kein «Hier ruht unsere allerliebste …» oder «Für immer in unsrem Gedenken …» oder so etwas Ähnliches. Das Sterbedatum war der dritte Juli im vorigen Jahr, die Sekretärin hatte sich nicht geirrt. Bente war achtundzwanzig Jahre alt geworden. Ganz unten auf dem Stein waren noch ein paar Worte eingemeißelt: ICH HABE

DICH BEI DEINEM NAMEN GERUFEN, DU BIST MEIN. Der Stein war leer: keine Blumen, keine Pflanzen, keine Blumenvase, die darauf hindeutete, dass manchmal Blumen gebracht wurden. Seltsam bei einer jungen Toten in einer so kleinen Gemeinde. Obwohl es offensichtlich ein «eigenes» Grab war und, dem schön geäderten Marmor nach zu schließen, sogar ein ziemlich teures, schien es, als ob niemand je hierher käme und keiner irgendwelche Mühe damit haben wollte. Auch der Bibeltext hatte so gesehen etwas Einschüchterndes. Sie gehörte Ihm, also war sie bei Ihm auch am besten aufgehoben, besser als auf Erden.

Er starrte auf ihren Namen. Dieses «Johanna» kam so unerwartet, als ob man eine liebe, vertraute Melodie plötzlich in einer anderen Tonart hörte, aber es störte ihn nicht, und er nahm es unmittelbar an.

«Grüß dich, Bente», sagte er. «Grüß dich, Bente Johanna.»

Gut, das war es dann. Er hatte es jetzt mit eigenen Augen gesehen und konnte deshalb wieder gehen.

Aber er blieb stehen. Die Sonne schien ihm warm auf den Rücken. Der Himmel schien hier in Nibbixwoud höher und blauer zu sein als sonst wo und war mit zartem Vogelzwitschern erfüllt, was ihm bisher noch gar nicht aufgefallen war. Es war völlig windstill; an den Bäumen weiter drüben regte sich kein Blatt.

Dann hatte er eine Idee. Er legte seinen Aktenkoffer auf eine Ecke des Grabsteins, öffnete ihn, holte die Äpfel heraus und ordnete sie kreisförmig unter den Jahreszahlen an, sechs Äpfel auf einem Stein. Danach nahm er jeden einzelnen noch einmal auf und polierte ihn an seinem

Ärmel, wie er es als Junge immer getan hatte, fügte sie wieder zu einem möglichst runden Kreis und betrachtete das Ergebnis.

Sechs feuerrote glänzende Äpfel auf einer schwarzen Marmorplatte.

Dann verließ er den Friedhof.

Im Zug nach Hause klappte er ein Buch auf, las aber nicht und starrte ununterbrochen über die Weiden mit ihrem geometrischen Muster aus glitzernden Wassergräben. Ein paar große weiße Wolken waren am Himmel erschienen, die sich kaum bewegten und wie träge, amorphe Himmelstiere ihren Weg zogen; sie spiegelten sich in einem Bürogebäude aus Glas. Ein Bauer stieg über einen Zaun, und sofort kamen fünf oder sechs Schafe zu ihm hergerannt. Ein schwarzes und ein braunes Pferd trabten mit wehendem Schweif hintereinanderher über mooriges Grasland. Drei türkisch aussehende Jungen liefen mit ernsten Gesichtern und Plastiktüten in der Hand suchend an einem Wassergraben entlang. Ich habe dich bei deinem Namen gerufen, du bist mein.

Dann geschah etwas Besonderes. Die Tränen begannen zu fließen und waren nicht mehr aufzuhalten. Er wischte sie ab, aber sie strömten weiter, an seinen Wangen entlang, über sein Kinn, über den Hals bis in den Kragen, als sei irgendwo in seinem Kopf eine Blase mit Wasser geplatzt, die ganz auslaufen musste. Ein alter geronnener Kummer war plötzlich an diesem sonnigen Spätnachmittag im April wieder flüssig geworden und hatte die Möglichkeit gesehen, ein Bett zu finden, sich Bahn zu brechen.

Zum Glück war es im Zug ruhig, niemand saß in seiner Nähe. Als sie in Purmerend ankamen und das Abteil sich füllte, war es vorüber.

10

IM MAI ERSETZTE er den Bugsprietstag, kalfaterte das Deck und schliff und lackierte das gesamte Rundholz. Auch raste er in wenigen Monaten durch zwei Übersetzungen: Noch vor August hatte er nicht nur die Studie über westeuropäische Hafenstädte abgeschlossen, sondern auch das flott geschriebene kleine Buch des amerikanischen Volkswirtschaftlers, der mit amüsanten neomarxistischen Attacken für Unruhe in der Finanzwelt sorgte. Er arbeitete hart, schlief gut und träumte nicht mehr von seinem Vater oder dem Quastenflosser – diese Träume waren natürlich durch das lästige Buch über Fische gekommen.

In Inas Sommerferien fuhren sie mit der *Knurrhahn* ein Stück weit den Rhein und die Donau hinauf. Nach ihrer Rückkehr fing er mit einer neuen Übersetzung an. Vor Neujahr wollte er drei Übersetzungen fertig haben.

Es ging ihm hervorragend; alles war wieder in Ordnung. Nur bei ganz seltenen Anwandlungen von Trägheit sehnte er sich nach Grabesstille und Krähen zurück; dann hatte er das Gefühl, dass eine Phase in seinem Leben abgeschlossen war. Nicht dass er alt war oder sich alt fühlte – trotzdem, etwas war für immer vorbei. Kein dramatisches Gefühl, nur eine Feststellung. Während seiner Verbannung im Eis war zum letzten Mal etwas in ihm aufgelebt und dann für immer eingegangen. Es siechte nur noch dahin, würde bald ins Koma fallen und nie mehr aufwachen.

An einem sehr warmen Nachmittag Anfang September saß er in der Badehose an seinem Schreibtisch. An Deck war es zu heiß. Die beiden Türen der Kajüte standen weit offen, um den Wind zu einem kühlen Durchzug zu verleiten, aber es gab überhaupt keinen Wind.

Er fühlte sich zu matt, um zu arbeiten, und beschäftigte sich im Wortsinn mit Nabelschau; er betrachtete die Haut auf seinem Bauch, wie sie sich über der Badehose in Falten legte. Er war nicht dick, er hatte keinen Wanst, aber seine Bauchwand schien schlaff, wenn er so dasaß, und hing in ziemlich vielen Fältchen über den Bund. Er war mittlerweile neunundfünfzig.

Plötzlich hatte er den Eindruck, dass jemand an die offene Tür zum Vordeck gekommen war, und wusste sofort, es war der Tod.

«Ja, ich komme», sagte er, ohne sich umzudrehen.

«Du hast Sportsgeist», sagte der Tod, «schön, dass du so mitarbeitest.»

«Früher hab ich mal nach dir gerufen», sagte er, «als ich noch jung war, ungefähr achtzehn. Ich war verzweifelt. Aber du bist nicht erschienen, und das war auch gut so. Denn wenn es bis zum Äußersten gekommen wäre, wäre ich doch nicht mitgegangen.»

«Ach, es ist immer dasselbe Lied», sagte der Tod. «Diese Art von Anrufungen nehme ich nicht ernst.»

«Und kann es sein, dass du vor einem halben Jahr auf dem IJsselmeer warst? Damals hast du mir Angst eingejagt.»

«Möglich.»

«Aber jetzt bin ich weder verzweifelt noch ängstlich. Es ist mir recht, dass du kommst. Es ist nur schrecklich für meine Frau.»

«Ja», sagte der Tod, «aber die kommt schon zurecht.»

Er starrte aus dem Fenster über dem Schreibtisch, hinüber auf den Kanaldeich, der in der Hitze flimmerte und wo langsam, fast wie in Zeitlupe, zwei Kinder radelten.

«Ich würde dir bedeutend lieber folgen, wenn ich wüsste, dass man nach dem Tod diejenigen wiedersieht, die einem vorangegangen sind», sagte er.

«Aha, du machst schon Rückzieher», sagte der Tod. «Wen würdest du denn gerne wiedersehen?»

«Eine Tante, die vor langer Zeit in der Türkei von einem Dach gefallen ist», sagte er. «Und meinen Vater, den will ich noch etwas fragen. Und eine Frau, die mich im vergangenen Winter ein paar Mal besucht hat, als ich im IJsselmeer eingefroren war; die möchte ich wiedersehen.»

Der Tod schwieg.

«Aber das wird nicht passieren, nehme ich an», sagte er wie einer, der es nicht lassen kann, nach dem bekannten Weg zu fragen.

«Ich würde nicht damit rechnen», sagte der Tod. «Kommst du nun oder nicht?»

Er drehte sich um. Durch die offen stehende Tür zum Vordeck fiel helles Sonnenlicht. Ein seidener Schal von Ina, der in der Nähe der Tür an einem Haken hing, bewegte sich leicht in einem leisen Windhauch. Aus der Ferne hörte man Kinderlachen durch die Stille, und Geplätscher im Wasser.

Nein, Ruben Saarloos war nicht der Mann, der sich von Hirngespinsten und Einbildungen lange zum Narren halten ließ. Immer öfter vergingen Tage, an denen er nicht an Bente dachte. Der vergilbte *Daily Mirror* blieb unangerührt hinten in einer Schreibtischlade liegen, und die letzte Corona Naturel Spezial hatte er längst aufgeraucht, weil es doch schade gewesen wäre, eine so teure Zigarre vertrocknen zu lassen. Und wenn er an sie dachte, dann mit einer Art milder Wehmut, einer erwachsenen Wehmut, könnte man sagen; ein Gefühl, das nicht einschnitt und keine Tränen mehr zum Fließen brachte.

Obwohl – das Letztere entsprach womöglich der Wahrheit nicht ganz.

Im November fand in Amsterdam eine große Auktion von Schiffszubehör statt. Am Schautag hatte er Ina aus den Augen verloren und war in einem Raum gelandet, in dem Geräte ausgestellt waren. Und da, auf einem Tisch, stand ein Funkgerät. Ein altes Funkgerät, wie man es vor dem Krieg noch auf allen Passagier- und Frachtschiffen benutzt hatte, um Funksprüche abzusetzen. Daneben, auf einem Bücherständer, ein aufgeschlagenes Lehrbuch mit dem Morsealphabet, ganze Reihen mit Punkten und Strichen.

Ende der Botschaft: . – . – ., stand unten auf der Seite.

Da war er nicht mehr im Auktionshaus, unter Hunderten von murmelnden Schnäppchenjägern: Er war allein auf seiner Insel, unter dem nächtlichen Sternenhimmel. Die erleuchteten Fenster der *Knurrhahn* waren die einzigen Wegweiser in der tiefen Finsternis, das Wehen des Windes und das Rascheln der Krähen auf ihren Zweigen das einzige Geräusch. Aber hoch droben, eigentlich für das menschliche Ohr nicht vernehmbar, waren Tausende, waren Millionen schwacher Geräusche zu hören, kurze und lange Töne, Pieptöne, atonale Rhythmen, Radiosignale in der Atmosphäre. Botschaften von Außerirdischen an fremde Galaxien, Berichte von Engeln über den Gang der irdischen Dinge an ihre Heimatfront, über das Streben und Scheitern der Menschen, über ihre Sehnsüchte und ihren Kummer. Oder auch ganz gewöhnliche Botschaften, Dinge, die man genauso gut am Telefon besprechen konnte. Über die Arbeit, und wer geboren oder gestorben war. Über einen einsamen Skipper, der im Eis eingefroren lag, in dessen Leben man einfach so auf ein Paar Schlittschuhen hineinlief, und danach wieder heraus.

So stand er, als Ina hereinkam. Er fuhr sich schnell unter der Lesebrille über die Augen und, um Ina abzulenken, auch ausführlich über die Stirn.

«Stickig ist es hier, was?», sagte sie.

«Viel zu viele Menschen», knurrte er.

Sie ersteigerten noch eine schöne antike Schiffslaterne auf dieser Auktion, ein wahres Prachtexemplar, für einen Pappenstiel.

rowohlt paperback

Moritz Rinke
Die Nibelungen
Ein Theatestück
(paperback 23202)
Die Dramatisierung des Stoffes vermeidet brachiale Neuinterpretationen, sondern besinnt sich der ursprünglichen Erzählstränge. Uraufführung zur Eröffnung der Nibelungen-Freilichtspiele in Worms August 2002.

Sarah Kane
Sämtliche Stücke
(paperback 23138)
Sarah Kane zählt zu den wichtigsten Dramatikerinnen der Gegenwart. Sämtliche Stücke sind nun erstmals in einem Band veröffentlicht.

Helmut Krausser
Schweine und Elefanten *Roman*
(paperback 22526)
Schweine und Elefanten ist der noch ausstehende erste Teil der Hagen-Trinker-Trilogie, mit der Helmut Krausser seinen literarischen Durchbruch schaffte.

Susanna Moore
Die unzuverlässigste Sache der Welt *Roman*
(paperback 22427)
Abschied vom Haifischgott *Roman*
(paperback 22328)
«Susanna Moore schreibt wie ein Engel, der ein Leben lang Dämonologie studiert hat.» *Jim Harrison*

Literatur

Virginie Despentes
Die Unberührte *Roman*
(paperback 22330)
«... ausnahmsweise liegen die Trendjäger richtig, die Virginie Despentes zum absoluten *must* dieses Jahres gekürt haben.» *Le Figaro*

Virginie Despentes
Pauline und Claudine *Roman*
(paperback 22647)
Wölfe fangen *Roman*
(paperback 22331)

Ray Loriga
Schlimmer geht's nicht *Roman*
(paperback 13999)

Alex Shakar
Der letzte Schrei *Roman*
(paperback 23175)
Eine Science-Fiction-Welt totalen Konsums: Alex Shakar ist der Beigbeder von morgen.

Weitere Informationen in der **Rowohlt Revue** oder im **Internet: www.rowohlt.de**

3800/1